# Trastornos de carácter
## y otros cuentos

*Texts and Translations*

The Texts and Translations series was founded in 1991 to provide students and teachers with important texts not readily available or not available at an affordable price and in high-quality translations. The books in the series are intended for students in upper-level undergraduate and graduate courses in national literatures in languages other than English, comparative literature, ethnic studies, area studies, translation studies, women's studies, and gender studies. The Texts and Translations series is overseen by an editorial board composed of specialists in several national literatures and in translation studies.

For a complete listing of titles, see the last pages of this book.

JUAN JOSÉ MILLÁS

# *Trastornos de carácter*

## *y otros cuentos*

Introduction by
Pepa Anastasio

The Modern Language Association of America
New York     2007

For information about obtaining permission to reprint material from
MLA book publications, send your request by mail (see address below),
e-mail (permissions@mla.org), or fax (646 458-0030).

Library of Congress Cataloging-in-Publication Data

Millás García, Juan José, 1946–
Trastornos de carácter y otros cuentos / Juan José Millás
García ; introduction by Pepa Anastasio.
p. cm. — (Texts and translations series ; 19)
Includes bibliographical references and index.
ISBN: 978-0-87352-938-9 (pbk. : alk. paper)
I. Title.
PQ6663.I46T73 2007
863'.64—dc22     2007037790

Cover illustration of the paperback edition: *Interior con armario*, painting by
Cristóbal Toral, 1997–98. Used by permission of the artist.

Printed on recycled paper

Published by The Modern Language Association of America
26 Broadway, New York, New York 10004-1789
www.mla.org

# CONTENTS

# ACKNOWLEDGMENTS

I would like to thank the author, Juan José Millás, for many hours of reading pleasure, for granting the rights to translate his stories, and for his words of encouragement. In the long process of making this project possible many people have been helpful and supportive. I am especially grateful to the Book Publications staff at the MLA, particularly to David G. Nicholls, for guiding me with patience and expertise through the many stages of the project, and to Joshua Shanholtzer and Michael Kandel, for their enthusiasm and valuable editorial help. My gratitude also goes to the anonymous reviewers whose helpful comments were fundamental in the many revisions of the introduction and notes. Nuria Cruz-Cámara, María Díaz, Zilkia Janer, Gregory B. Kaplan, Cintia Santana, and Billy Bussell Thompson read and reread the manuscript at various stages, and I am very grateful for their time and their useful suggestions. Many thanks to Fina Anastasio, who has been instrumental in keeping me up-to-date with Millás's publications. And last, but not least, thanks to my friends and family for their support.

# INTRODUCTION

## Juan José Millás in the
## Context of Contemporary Spain

A man who confesses how his neighbor disappeared through a secret passage that connects all the built-in closets on earth; a woman who enjoys her obsessions because, she claims, they make better company than cats; a fellow who, instead of taking a vacation in the Bahamas, prefers an exciting journey to his pancreas . . . these are some of the characters who populate Juan José Millás's fiction. Strange characters whom we might consider deranged but with whom we end up identifying, finding them more normal than we thought at first.

Since the appearance of his first novel in 1974, *Cerbero son las sombras*, Millás has published over ten novels, several collections of short stories, and several volumes of selections from his regular contributions to the leading Spanish newspaper *El País*, where he continues to write a weekly column. Over the course of three decades, he has been a continuous presence on the Spanish literary scene:

his obsessive characters, the humorous way he describes their daily lives, and the laconic matter-of-factness of his prose have constructed a characteristically Millásian fictional territory. Although he lives and writes in Spain, his stories could take place anywhere in the industrialized world. His characters cannot be placed in a specific city or country; rather, they seem to epitomize the fragmentary and neurotic existence of anybody living in our day and age.

Born in Valencia in 1946, Millás belongs to a generation of novelists who began their careers as writers in the last years of the Francoist dictatorship, a regime lasting from the end of the Spanish Civil War in 1939 until Francisco Franco's death in 1975. The civil war between the Republican forces and the insurgent military (1936–39) had left Spain in a deplorable state: by the end of the war, one million people had been killed, and many of those who survived were persecuted, incarcerated, or forced to leave. The country was traumatized and impoverished. Moreover, despite the fact that Spain did not participate in World War II, the regime's association with the defeated fascist forces left the country economically, politically, and culturally isolated. In response to this situation, the regime implemented a self-sufficient system that gave it absolute control over all aspects of life: labor unions were made illegal, opposition to the regime was prosecuted, education was put under the control of the church, and cultural dissidence was out of the question. The long-awaited social, economic, and educational reforms envisioned by the leaders of the Second Spanish Republic (1931–39) were replaced by an idealist program that drew its inspiration from the supposedly glorious days of the Spanish empire in the sixteenth and seventeenth centuries. In reality, corruption and unemployment were rampant, and a great number of Spaniards were forced to emigrate (mainly to Europe and America), either for political reasons or in order to survive. Rural areas suffered the most, and in the decades following the war, many families were forced to move to the city. The industrial centers of Spain—Madrid, Barcelona, and the Basque Provinces—were the most common destinations. Millás's large family moved from Valencia to Madrid in 1952, when Millás was six years old.

Spain's literary production in the 1940s was, of course, mediated by the experience of the war and its aftermath. There is a scarcity of works in the years following the war, although a few novels such as *La familia de Pascual Duarte* (1942), by Camilo José Cela; Carmen Laforet's *Nada* (1945); and Miguel Delibes's *La sombra del ciprés es alargada* (1948) managed to attract the attention of both readers and critics.

In the 1950s, a generation of writers born between 1924 and 1936,[1] who had not actively participated in the civil war but suffered the consequences of the repressive regime, engaged in a revitalization of the realist novel as an ideological weapon—that is, as an instrument of social and political action. Many writers of this generation found their motivation in Marxist theory, Italian neo-realism, and the ideal of the committed intellectual that Jean-Paul Sartre had made popular in postwar Europe. As Bradley Epps points out:

> Social realism has been called a realism of social intention because it intends to criticize and denounce Francoist Spain

by means of a seemingly transparent representation of it. Against art for art's sake, social realism advances art for society's sake, an art that strives to eschew artistry and artificiality, or at least to keep them in check, and to let the facts speak for themselves. (194)

Juan Goytisolo is one of the most representative writers of this period and arguably, along with José María Castellet, one of the main ideologues of the social novel. He states, as a way of justifying the narrative choices of his generation, that realist fiction of the 1950s had to assume the task that the press would ordinarily have assumed in any country where freedom of speech was a reality ("Los escritores" 60). The novels produced by Goytisolo in this decade (*Juegos de manos* [1954], *Duelo en el paraíso* [1955], *Fiestas* [1957]) illustrate this narrative current. Other significant titles are *Los bravos*, by Jesús Fernández Santos, and *Pequeño teatro*, by Ana María Matute, both published in 1954; *El Jarama* (1956), by Rafael Sánchez Ferlosio; and *Tormenta de verano* (1962), by Juan García Hortelano.

The realist model was predominant for about a decade, but by the early 1960s many of the writers who had regarded it as an instrument for social change were arriving at the conclusion that its possibilities had been exhausted; they were beginning to show boredom and frustration. Goytisolo reflects on this awareness:

Escribir un poema o una novela tenía entonces (así lo creíamos) el valor de un acto, . . . cuando, poco a poco, los escritores abrimos los ojos descubrimos que nuestras obras no habían hecho avanzar la revolución. . . . Dolorosa sorpresa la nuestra: el progreso y la marcha del mundo no dependía de nosotros; nos habíamos equivocado de medio a medio en cuanto al poder real de la literatura. Supeditando el arte a la política rendíamos un flaco servicio a ambos: políticamente ineficaces, nuestras obras eran, para colmo, literariamente mediocres; creyendo hacer literatura política, no hacíamos ni una cosa, ni la otra. ("Literatura" 86–87)

What ensued, at least for a great number of authors, was a change in their understanding of the role of literature in society. Whereas the engaged social novel aimed to reveal the absurdities of the regime through the faithful depiction of reality, a new sensibility was emerging: literature, liberated from the burden of testimonial representation, would allow the writer to explore the possibilities of language and style. Note that, despite the regime's political and cultural isolation, Spanish writers and publishers had close ties with the French literary and cultural scene. Specifically, the linguistic theories of Roland Barthes and the Russian formalists, as well as the model of the *nouveau roman* ("new novel") of Alain Robbe-Grillet and others, encouraged Spanish writers to renounce the traditional mode of realistic representation and to experiment, instead, with the application of linguistic methods to literature. As a result, the emphasis shifts from the content to language and structure, especially to the relations established among all the elements of the narrative.

Referring to the departure from realism, Epps notes, "Sometime during the 1960s, the mirror breaks for Spanish narrative" (193). Like most critics, he points to Luis Martín Santos's *Tiempo de silencio* (1961) as the novel that announces the new sensibility. Martín Santos's groundbreaking work introduced a distant and ironic narrator who constantly pokes fun at his own circumstances and the sad realities of Spain. As critics have suggested, if the Spanish novel from the late 1800s to the 1950s followed the model of the picaresque, Martín Santos signifies a move toward Cervantes.

*Tiempo de silencio* was followed by other works that corroborated the new attitude: Goytisolo's *Señas de identidad* (1966), Juan Marsé's *Últimas tardes con Teresa* (1966), and Juan Benet's *Volverás a Región* (1967). Even well-established writers from the previous generation were seduced by linguistic experimentation: examples are *Cinco horas con Mario* (1966), by Miguel Delibes, and *San Camilo, 1936* (1969), by Camilo José Cela. These novels defended the notion of art not as unapologetic political act but as self-referential; the work itself was emphasized, not the reality outside it. This so-called experimental fiction is much more challenging to the reader: the chronology is constantly broken, and the reader is confronted with multiple cultural and literary references.

Some crucial developments that were taking place in Spanish society also bear mentioning. By the end of the 1950s, the country was just beginning to come out of its isolation: Spain's 1953 military and economic agreement with the United States and Spain's admission into the United Nations in 1955 were signs that the Franco regime could not maintain an autarkic system much longer. In his discussion of the emergence of a dissident intelligentsia in Francoist Spain, Barry Jordan suggests that "the growing international legitimation of the regime leads to a conditional *apertura* [relaxation] in economic, diplomatic, and cultural terms and the re-establishment of contacts which had been severed for a decade" (247).

At the same time, a recuperating Europe was starting to see Spain as a prime vacation destination. A turning point in the development of the Spanish economy and society was the Stabilization Plan of 1959, implemented by the regime's new elite—that is, the technocrats of the ultra-conservative Catholic lay organization Opus Dei. This economic plan, introduced as an effort to save the country from bankruptcy, liberalized domestic trading and established policies that would stimulate foreign investment. All these factors brought about the so-called economic miracle of the 1960s, which integrated the nation into consumer capitalism.

One of the many cultural and social consequences of this relative liberalization, and of particular interest to the study of Spanish contemporary literature, was the expansion of the publishing industry, which experienced an unprecedented growth between 1963 and 1973. Mario Santana establishes a direct relation among the liberalization of domestic trading; the expansion of the publishing industry; and the increasing number of foreign titles available to Spanish readers, in particular those by the Latin American authors of the Boom of the 1960s (34). Critics agree on the importance of the Peruvian Mario Vargas Llosa's *La ciudad y los perros* (1962), which received the prize presented by the leading publishing house, Seix Barral, and which introduced Spanish readers to the incredibly rich and innovative work of Latin American writers. The success of Vargas Llosa's novel in Spain was repeated with *Tres tristes tigres*, by Guillermo Cabrera Infante, and *Cien años de soledad*, by Gabriel García Márquez, both published in 1967. Also in 1967, Julio Cortázar's *Rayuela*, which had been published in Argentina in 1963 and would prove exceptionally influential for the next generation, became available in Spain.

The attention generated by the writers most commonly associated with the Boom provoked, by association, a renewed interest in other Latin American authors such as Jorge Luis Borges, Juan Rulfo, and Alejo Carpentier. The mark that the work of these writers would leave in the contemporary literature from Spain is unquestionable. Santana suggests that the impact of Vargas Llosa's writings on Spain (and by extension, the impact of many other works from the Boom)

> hinges on [their] ability to offer to Spanish readers the possibility of a new reconciliation of social and aesthetic interests. Such a double concern for social criticism *and* aesthetic awareness marks a middle point in the general transformation from the 1950s model of social realism into the 1960s surge of experimental writing. (85)

Millás hints at that sense of reconciliation when he comments on the refreshing discovery that the Latin American writers signified at the time he began to write:

> Ellos, fundamentalmente, vienen a decirnos a quienes intentábamos en ese momento salir del experimentalismo: miren, ustedes pueden contar historias sin renunciar a su situación, y sobre todo, que realismo no equivale a costumbrismo; y en ese sentido yo creo que, desde entonces, el campo de la literatura se amplía mucho; en estos momentos lo fantástico forma parte de lo real. (qtd. in Gutiérrez 17)[2]

In these lines, Millás demonstrates awareness of the fatigue caused by the linguistic excesses of the experimental novel, which had become the norm by the early 1970s. At the same time, he does not want to fall back on the obsolete techniques of social realism. In the prologue written for a recent reediting of three of his early novels, he jokes about how, on the completion of *Cerbero son las sombras*, he was surprised to find that it had a plot, and a plot would undoubtedly result in some form of social condemnation:

> Estamos hablando de los primeros setenta, cuando hacía furor el experimentalismo y no podías permitirte el lujo de ser tachado de costumbrista o lineal si aspirabas a ser alguien en la vida. . . . Por costumbrista se entendía cualquier cosa que apelara a un código de comunicación capaz de conectar con más de cuatro o cinco amigos. Y por lineal, que las cosas sucedieran unas después de otras. Irritaba mucho, por ejemplo, que en las novelas divididas en capítulos el segundo viniera después del primero, el tercero después del segundo y así sucesivamente. Si lograbas invertir el orden, no tenías el éxito garantizado, pero contabas con una buena posición de salida. (Prologue [*Tres novelas cortas*] 9)

Millás admits that those who, like him, were starting to write in the early 1970s felt pressured to remain loyal to a form of linguistic experimentation that alienated the reader. The Latin American writers were therefore a breath of fresh air for his generation, as they proposed a new relation to language and to tradition without giving up the connection and complicity with the reader. It is indeed this complicity—the intention, as he says jokingly, of reaching more than four or five friends—that characterizes the narrative of his generation. Spanish narrative of the late 1970s and early 1980s combined irony, self-referentiality, and the use of popular subgenres with the most traditional strategies of storytelling, mainly an emphasis on plot as a way to maintain the reader's interest. Eduardo Mendoza's *La verdad sobre el caso Savolta* (1974), acclaimed by both critics and readers, is often mentioned as the novel that inaugurates a new literary generation. Some critics have referred to this group of writers that began publishing around 1975 as the Generation of 1968: the year 1968 internationally marks the peak of student revolts and the fight for social justice and civil and women's rights. Their works have also frequently been labeled *la nueva narrativa*, a marketing tool that sought to see in the literature of the time a representation of the significant changes going on in Spain.

The death of Franco in 1975 was followed by the legalization of political parties and labor unions. The first democratic elections since 1936 took place in 1977, and a constitution was ratified by Spaniards in 1978. The coming to power of the Socialist Party (PSOE) in 1982 was understood as the confirmation that democracy was well under way. In 1986, Spain entered NATO and became part of the European Community, which put a symbolic end to political isolation. This first decade after Franco's death is commonly referred to as "los años de la Transición"; *transition* implied a pact of silence about both the armed conflict and the subsequent forty years under the rule of the dictator. The 1970s and 1980s in Spain are marked by dramatic social, political, and economic changes, which in turn brought about the transformation of traditional values and lifestyles.

In literature, there was a new demand for fiction. The novels of Mendoza became national best sellers in the

1980s. Likewise, whether by word of mouth or because of the emerging relation between culture and the market, quite a few authors were widely read by their contemporaries. Some of the most relevant titles are Jesús Ferrero's *Belver Yin* (1981), Manuel Vázquez Montalbán's *Asesinato en el Comité Central* (1981), Rosa Montero's *Te trataré como a una reina* (1983), Millás's *El desorden de tu nombre* (1986), Antonio Muñoz Molina's *El invierno en Lisboa* (1987), and Javier Marías's *Todas las almas* (1989).

It also bears mentioning that the proclamation of the Constitution of 1978, which recognized the linguistic rights and cultural characteristics of the different autonomous communities of Spain, was followed by the normalization of the cultural production in the minority languages (Basque, Catalan, and Galician), the use of which had been severely repressed during Franco's regime. It is significant that the Premio Nacional de Literatura (National Prize for Literature) was awarded in 1995 to a novel in Catalan (Carme Riera's *Dins el darrer blau* [*In the Last Blue*]), to a work in Galician (Manuel Rivas's *¿Que me queres, amor?* ["Love, What Do You Want from Me?"]) in 1996, and to a work in Basque (Bernardo Atxaga's *Obabakoak*) in 1998.

It was *El desorden de tu nombre*, a complicated love story as well as a metafictional story about writers and writing, that placed Millás on the map for most readers. Of his early novels, *Visión del ahogado* (1977) is arguably the most acclaimed by critics; José Carlos Mainer reads it as a political parable of the Spanish transition to democracy (320). After *El desorden*, Millás published *La soledad era esto* (1990), which received the prestigious Nadal Prize (awarded since 1944 by the publishing house Destino).

Considered by many to be his best novel, *La soledad era esto* is told in two parts, first through an omniscient narrator and then through the protagonist's point of view. The novel recounts the personal transformation of Elena, a woman in her forties, whose mother's death sets off a process of self-evaluation. Among Millás's latest works, two have garnered special recognition: *Tonto, muerto, bastardo e invisible* (1995) and *El orden alfabético* (1998). *Tonto* can be read, in part, as a metaphor for the corrupted political agenda of social democracy; *El orden alfabético* departs from the sarcastic tone of *Tonto* and presents a poignant description of the protagonist's nightmare: the world as we know it gradually collapses as a result of the destruction and impoverishment of language.

## The Stories

Millás is known in Spain as much for his short stories and newspaper columns as for his novels. Between the publication of *El desorden* and *La soledad*, his first collection of short stories appeared (*Primavera de luto* [1989]), followed in 1994 by a second collection (*Ella imagina y otras obsesiones de Vicente Holgado*). Since the early 1980s, his stories have appeared both in daily newspapers and in literary magazines. As the 1980s saw the revitalization of the literature market in Spain, daily newspapers incorporated in their pages the work of young writers as a way both to promote their work and to attract readers. Many of the stories included in Millás's first collection had been published in the daily *El País* and other newspapers, so by the time it came out, he was already among the most respected authors of the genre in

Spain. The short story was, in fact, in vogue during this time, largely because of the influence of the works of Latin American short story writers such as Cortázar and Borges. Writers and literary critics held conferences to discuss the rising popularity of the genre and its production in Spain, and several literary and scholarly publications dedicated special issues to the short story.[3] Millás took part in this discussion; one example is a newspaper article he wrote for *El País*, in which he also reviewed Raymond Carver's *What We Talk about When We Talk about Love*, Carver's second work to be published in Spain. In this article, Millás refers to Edgar Allan Poe's notion of effect as the starting point to construct a good story ("Lo que cuenta" 21). The rest of the narrative elements, Poe states, have to be woven around the desired effect. The thirteen stories I selected for this volume exemplify Millás's use of effect as the driving force of a short narrative.

The idea that the fantastic is part of the real is central to the work of Millás. In a 1988 essay entitled "Literatura y realidad," the author speculates that "los referentes del ser humano—y del escritor, por tanto—son absolutamente imaginarios" (123). The reality that he is interested in portraying, he argues, is not made up of "hechos tozudos" but rather of "ideas, delirios, emociones" (124). For Millás, literature, like psychoanalysis, "constituye con frecuencia un viaje desde la superficie de la realidad, donde todo posee un carácter fragmentario, a su zona abisal, en busca de las conexiones ocultas que permiten una lectura significativa del caos (o viceversa)" (Prologue [*Relatos clínicos*] 11). His work inquires into that fragmentation and how we come to terms with it—namely, through the creation of habits, daily routines, and the common delusions of normality that make social interaction possible. His work starts from the premises that literature must question reality and that the first question must be about ourselves. Our self, our identity, for him is something fragile, precarious, and unstable. It comes then as no surprise that he is interested in psychoanalysis, whose center of concern is the subjectivity of the individual.

"Trastornos de carácter," a story selected from his earlier volume *Primavera de luto*, introduces us to Vicente Holgado, a recurring character who over time becomes a sort of antihero for Millás, the epitome of the individual struggling with contemporary culture. Vicente is so described by the author on the back cover of the collection *Ella imagina y otras obsesiones de Vicente Holgado*:

> Se trata de un tipo neutro, y poseedor de una naturaleza inestable, ya que unas veces está casado y otras está viudo, aunque lo normal es que permanezca soltero, . . . un tipo inconcreto, aquejado, como diría un político, de un déficit de identidad; un tipo, en fin, que intenta sincronizar sus movimentos con los de la realidad sin conseguirlo.

In many of the stories, Millás depicts Vicente's everyday life and his efforts to catch up with reality. As we follow the character through the different stories, we, the readers, are invited to observe the gap an individual has created between the private and the public domains of existence.

Many of the stories offer a literary illustration of the Marxist concept of alienation: the characters cannot connect with others; the traditional interpersonal structures seem to have disappeared in society. In "Trastornos de carácter," Vicente, disengaged from his family, lives a life cut off from the most basic forms of human interaction. The story is a confession given by his next-door neighbor, who, unlike Vicente, is completely and painfully aware of his own solitude and alienation. The neighbor fantasizes about his symmetrical relationship with Vicente, a fantasy that is both comforting and frightening and that he sees as an effort to "aliviar la soledad" provoked by living in the city:

> No he conocido todavía a ningún habitante de apartamento enmoquetado y angosto que no haya sufrido serios trastornos de carácter entre el primero y el segundo año de acceder a esa clase de muerte atenuada que supone vivir en una caja.

Vicente is also present in "Ella imagina," a monologue that was originally intended for the stage and that toured in Spain with the Spanish actor Magüi Mira as Ella. The story follows Ella through her imaginary life, and its title points to a notion of subjectivity that moves away from the Cartesian maxim "cogito, ergo sum" to establish an alternative one: "I imagine, therefore I am." Imagination is precisely what justifies Ella's existence, as she explains to her doctor in the story:

> Lo malo es que ya no puedo parar de imaginar; a veces estoy terminando una historia y, si no se me ocurre en seguida la siguiente, se me pone aquí un nudo de angustia, porque tengo el temor supersticioso de que suceda una catástrofe si dejo de imaginar historias. Pero cuando la angustia comienza a resultar insoportable y estoy justo al final de una historia y el mundo se va a derrumbar porque no se me ocurre otra, aparece un argumento nuevo y eso me da un respiro momentáneo.

The compulsive need to imagine stories points to the idea, central to Millás's narrative, that the creation of the self is in fact an imaginative process always in progress. There is frequent allusion in the story to Descartes, whose theory of knowledge is based on the certainty of our subjectivity. Against this certainty, Millás proposes a fluid and elusive notion of subjectivity that cannot be approached in a rational way but only through the labyrinthine paths of our obsessions. The story, as the title of the volume suggests, is about obsessions. Ella, moving through channels as mundane as the armoire of "Trastornos de carácter," takes the reader on a tour of her different fantasies.

Millás believes that our reality, our identity, and ultimately our life are formed as much by what we imagine or fantasize about during our personal history as by what really happens to us; that is, reality, fantasy, and the unconscious are on the same level of importance. He is fascinated with Sigmund Freud's notion of the "family romance," which is a fantasy that arises in a child's earliest years and involves the fabrication of a narrative in which the child frees himself from his real parents, of whom he has a low opinion, and replaces them, by way of imagination, with ideal parents, "who, as a rule, are of higher social standing" ("Family Romances" 299). The appeal of this primal fantasy is precisely its questioning of reality, as the fictional writer who narrates Millás's *Dos mujeres en Praga* (2002) declares:

> Quizá sólo hay dos maneras de vivir: como un bastardo o como un legítimo. Me pareció que por fuerza tenía que ser más interesante la literatura del bastardo, porque el bastardo, real o imaginario, da lo mismo, pone en cuestión la

realidad (éstos no son mis padres, las cosas no son cómo me las han contado), lo que es el primer paso para modificarla. (123)[4]

In his questioning of identity, Millás plays as well with the concepts of duality, the other, inside and outside, the mirror, symmetry, concealment, and imposture. All are present in the stories of this volume. Also closely related to a sense of identity is the relation of the self to the body. The body—internal organs included, as in "Viaje al páncreas"—has a significant presence in Millás's work: the second collection of his newspaper columns is, in fact, entitled *Cuerpo y prótesis*. In his fiction, the body is often a symbol of something else. The protagonist of *La soledad era esto*, for example, suffers from anxiety attacks that manifest themselves in a big lump she feels pressing on her stomach, and it is described with almost clinical accuracy. At the end of the novel, the lump can be understood as a metaphor for the transformation that her life is undergoing. In "El hombre hueco," Vicente Holgado is perplexed to discover that his body is devoid of bones, muscles, blood, or internal organs. Its emptiness marks the void in his life and his radical estrangement from reality.

Most of Millás's work is characterized by a highly personal sense of humor. For Millás, humor is as relevant for communication as language; it is through laughter that he is able to create a sense of complicity with the reader. The comic elements of his stories are the product of his ability to detect the incongruities in our daily lives and the inability of his characters to fulfill society's requirements. Society is suspicious of anybody who behaves outside the common code of propriety, which is why many of his characters get into trouble (e.g., in "Simetría" and "Trastornos de carácter"). Millás's work, however, does not pass moral judgment on these characters; rather, we are confronted by them as if in a mirror that shows what we have become; they are offered almost as liberating models of behavior.

Conversely, many of Millás's characters are aware of the need to avoid all social dissonance and disruption; as a result, they seem to perform not actions but automatic gestures, which they copy from their surroundings and which seem to them appropriate for human interaction. In "El no sabía quién era," when Vicente arrives in Madrid, we witness his efforts to integrate himself into the routine of the city by imitating the gestures he observes in others. The moral comment, however, is not about the characters whom the laconic narrative voice treats sympathetically but about the automatization required by contemporary society. Millás's characters invest vast amounts of energy trying to catch up with the normal; in the process, they show the reader that the abnormal is normal, a fact that we try to suppress and hide behind the different personas we use in everyday interaction. The effort to conceal this "normalcy" gives rise to humorous situations ("Ella estaba loca"). Yet the absurdities affirm a deep respect for life, for the authenticity we seem to have lost in trying to abide by the rules of decorum.

In an interview, Millás recalls a conversation about one of his favorite stories, Kafka's "Metamorphosis." Somebody at the table posits the following question: "¿[Q]ué ocurriría si no se hubiera escrito 'La Metamorfosis' y hoy alguien la escribiera?" To this, Gabriel García

Márquez, a participant in the conversation, replies that "una novela que empieza contando que un señor se ha convertido en un insecto, está condenada al éxito." "¿Y por qué tendría éxito algo tan anormal?" Millás asks himself. He concludes, "porque lo habitual es lo anormal . . . porque debe de haber [en nosotros] una especie de intuición de que lo anormal es lo normal" ("Materiales" 109). This observation points to the Freudian concept of "the uncanny," *lo siniestro* in Spanish—"that class of the frightening which leads back to what is known of old and long familiar" ("Uncanny" 220)—and to its relevance in the work of Millás, whose characters express both curiosity and fear when confronted by it. The figure of the double in Millás's fiction is closely related to Freud's discussion. Freud proposes the double as a fabricated agent whose primary function is to observe and criticize the ego. He also points to this agent's other important function: the double comes to represent

all the unfulfilled but possible futures to which we still like to cling in fantasy, all the strivings of the ego which adverse external circumstances have crushed, and all our suppressed acts of volition which nourish in us the illusion of Free Will. ("Uncanny" 236)

Such a double appears, in this volume, in "Ella está en todas partes," "La memoria de otro," and "Trastornos de carácter."

Millás's treatment of space can also be understood as a metaphor for the characters' psyche, as he has explained: "En mis novelas, los espacios físicos . . . acaban convirtiéndose en espacios morales. En todas mis novelas hay un piso, una casa, que son protagonistas de la acción y que funcionan como oquedades morales" (Basualdo 2). The city of Madrid appears in his writings not as a real referent but as a mythical place, "como una especie de pesadilla o de sueño que no existe, como todos los que vivimos en ella" (Interview 10). Most of the stories in this volume have a humorous tone, but I included a story representative of the author's darker, more existentialist work. "El clavo del que uno se ahorca" revolves around *la neurosis de los domingos*, featuring a nihilistic character painfully aware of the lack of purpose in his alienated life:

> Debo decir que ese día festivo de la semana me ha parecido siempre un día cruel, quizá porque está hecho para una pereza imposible, pero también porque en sus tardes anida la desazón y el miedo a preguntarse qué es la vida o para qué sirve, al fin, el esfuerzo desarrollado durante el resto de la semana.

The story can be read as an illustration of the notion of "spectacular time" in the context of what Guy Debord has called "the society of the spectacle":

> The social image of the consumption of time is . . . exclusively dominated by leisure time and vacations—moments portrayed, like all spectacular commodities, *at a distance*, and as desirable by definition. This particular commodity is explicitly presented as a moment of authentic time whose cyclical return we are supposed to look forward to. Yet even in such special moments, ostensibly moments of *life*, the only thing being generated, the only thing to be seen and reproduced, is the spectacle—albeit at a higher than usual level of intensity. And what has been passed off as authentic life turns out to be merely a life more *authentically spectacular*. (112)

While skeptical about the promise of "authentic life" represented by the Sunday vacation, the protagonist in "El clavo" lives in perpetual anguish trying to escape the trap of pseudocyclical time. His nihilistic standpoint, shared also by the narrator of "Trastornos de carácter," is later transformed, in most Millásian characters, into a more cynical yet liberating attitude.

Millás's comment on society may be humorous, but it is not frivolous. Like the comedy of the absurd, it has a very resolute respect for that which makes us human: our need to communicate with others, to reinscribe a sense of self that allows for meaningful and authentic interaction with our fellow human beings. The themes present in his short stories are further elaborated in his longer narratives. My hope is that the stories in this volume will lead the reader to discover the novels of Juan José Millás.

**Notes**

[1] Throughout this introduction I use the term *generation* to refer to a group of writers with similar social and historical experiences that in some way inform their work. This introduction to over fifty years of literary production is very short, and at the risk of suggesting a misleading uniformity, I present the prominent features of the different literary trends coexisting during these years. For the sake of clarity, decades are used as reference when prevalent trends are described. One should bear in mind, however, that literary tendencies evolve and overlap.

[2] *Costumbrismo* refers to a traditional literary trend that emphasizes the depiction of manners and customs of a particular social or geographic group.

[3] For a thorough account of the short story in Spain, see "El cuento, 1" and *El cuento en español*. In 1988, a new journal appeared that concentrated on the short story. Its 1991 issue presents several studies on the short story in Spain from 1975 to 1990: *El cuento en España*.

⁴ In *Dos mujeres en Praga* and in interviews (see "Materiales gaseo-sos" 107) Millás refers to Marthe Robert's seminal work *Origins of the Novel*, in which Robert argues that the fantasy of the family romance is at the core of every novel.

## Works Cited

Basualdo, Ana. "El observador en la niebla." *El País libros* 18 Feb. 1990: 1–2.

"El cuento, 1." *Insula: Revista de letras y ciencias humanas* 495 (1988): 21–24.

*El cuento en España, 1975–1990*. Spec. issue of *Lucanor: Creaciones e investigación: Revista del cuento literario* 6 (1991): 9–100.

*El cuento en español, hoy*. Spec. issue of *Insula: Revista de letras y ciencias humanas* 568 (1994): 1–24.

Debord, Guy. *The Society of the Spectacle*. Trans. Donald Nicholson-Smith. New York: Zone, 1995.

Epps, Bradley. "Questioning the Text." *The Cambridge Companion to the Spanish Novel, from 1600 to the Present*. Ed. Harriet Turner and Adelaida López Martínez. Cambridge: Cambridge UP, 2003. 193–211.

Freud, Sigmund. "Family Romances." *The Freud Reader*. Ed. Peter Gay. New York: Norton, 1989. 297–300.

———. "The Uncanny." *The Standard Edition of the Complete Psychological Works of Sigmund Freud*. Vol. 17 (1917–1919). Trans. James Strachey. London: Hogarth, 1955. 217–56.

Goytisolo, Juan. "Los escritores españoles frente al toro de la censura." Goytisolo, *Furgón* 51–61.

———. *El furgón de cola*. Barcelona: Seix Barral, 1976.

———. "Literatura y eutanasia." Goytisolo, *Furgón* 75–94.

Gutiérrez, Fabián. *Cómo leer a Juan José Millás*. Madrid: Júcar, 1992.

Jordan, Barry. "The Emergence of a Dissident Intelligentsia." *Spanish Cultural Studies: An Introduction*. Ed. Helen Graham and Jo Labanyi. Oxford: Oxford UP, 1995. 245–55.

Mainer, José Carlos. "Juan José Millás." *Los nuevos nombres, 1975–2000: Primer suplemento*. Ed. Jordi Gracia et al. Barcelona: Crítica, 2000. 320–25.

Millás, Juan José. Back cover. *Ella imagina y otras obsesiones de Vicente Holgado*. By Millás. Madrid: Alfaguara, 1994.

———. *Dos mujeres en Praga*. Madrid: Espasa, 2002.

———. Interview with Joaquín Anastasio. *La opinión: Revista dominical* 29 Mar. 1992: 10–11.

———. "Literatura y realidad." *Revista de occidente* 85 (1988): 122–25.

———. "Lo que cuenta el cuento." *El País libros* 1 Nov. 1987: 21–22.

———. "Materiales gaseosos: Entrevista con Pilar Cabañas." *Cuadernos hispanoamericanos* Oct. 1998: 103–20.

———. Prologue. *Relatos clínicos*. By Sigmund Freud. Trans. Luis López Ballesteros. Barcelona: Siruela, 1997. 9–13.

———. Prologue. *Tres novelas cortas:* Cerbero son las sombras, Letra muerta, Papel mojado. By Millás. Madrid: Alfaguara, 1998. 9–25.

Poe, Edgar Allan. *The Philosophy of Composition*. 1846. The Edgar Allan Poe Soc. of Baltimore. 28 Sept. 1999. 19 Apr. 2007 <http://www.eapoe.org/works/essays/philcomp.htm>.

Robert, Marthe. *Origins of the Novel*. Trans. Sacha Rabinovitch. Bloomington: Indiana UP, 1980.

Santana, Mario. *Strangers in the Homeland: The Spanish American New Novel in Spain, 1962–1974*. Lewisburg: Bucknell UP, 2000.

# BIBLIOGRAPHY

## Selected Criticism on
## Contemporary Spanish Narrative

Amell, Samuel. *The Contemporary Spanish Novel: An Annotated Critical Bibliography, 1939–1994*. Westport: Greenwood, 1996.

Barrero, Oscar. *Historia de la literatura española contemporánea, 1939–1990*. Madrid: Istmo, 1992.

Bértolo, Constantino. "Introducción a la narrativa española actual." *Revista de Occidente* 98–99 (1989): 29–60.

Blanco Aguinaga, Carlos. "Narrativa democrática contra la historia." Monleón 251–63.

Buckley, Ramón. *La doble transición: Política y literatura en la España de los años setenta*. Madrid: Siglo XXI, 1996.

Carrillo, Nuria. "La expansión plural de un género: El cuento, 1975–1993." *Insula* 568 (1994): 9–11.

Colmeiro, José, et al. *Spanish Today: Essays on Literature, Culture, and Society*. Hanover: Dartmouth Coll., 1995.

García de la Concha, Víctor, et al. "El cuento, II." *Insula* 496 (1988): 21–24.

Gies, David T., ed. *The Cambridge Companion to Modern Spanish Culture*. Cambridge: Cambridge UP, 1999.

# Bibliography

Gracia, Jordi, et al., eds. *Los nuevos nombres: 1975–2000: Primer suplemento.* Barcelona: Crítica, 2000. Addendum 1 to vol. 9 of *Historia y crítica de la literatura española.*

Graham, Helen, and Jo Labanyi, eds. *Spanish Cultural Studies: An Introduction.* Oxford: Oxford UP, 1995.

Holloway, Vance R. *El posmodernismo y otras tendencias de la novela española, 1967–1995.* Madrid: Fundamentos, 1999.

Hooper, John. *The New Spaniards.* London: Penguin, 1995.

Monleón, José B., ed. *Del franquismo a la modernidad: Cultura española, 1975–1990.* Madrid: Akal, 1995.

Montero, Rosa. "España: El vértigo de Cenicienta." *El País semanal* 28 Mar. 1993: 14–28.

Navajas, Gonzalo. *Mas allá de la posmodernidad: Estética de la nueva novela y cine españoles.* Barcelona: EUB, 1996.

Sanz Villanueva, Santos. *Historia de la novela social española, 1942–1975.* Vol. 1. Madrid: Alhambra, 1980.

Sanz Villanueva, Santos, et al. *Epoca contemporánea: 1939–1975: Primer suplemento.* Barcelona: Crítica, 1999. Addendum 1 to vol. 8 of *Historia y crítica de la literatura española.*

Spires, Robert. *Post-totalitarian Spanish Fiction.* Columbia: U of Missouri P, 1996.

Vilarós, Teresa. *El mono del desencanto: Una crítica cultural de la transición española, 1973–1993.* Madrid: Siglo Veintiuno, 1999.

Villanueva, Darío, et al. *Los nuevos nombres: 1975–1990.* Barcelona: Crítica, 1992. Vol. 9 of *Historia y crítica de la literatura española.*

## About the Author

Interviews

Anastasio, Joaquín. "Entrevista con Juan José Millás." *La opinión: Revista dominical* 29 Mar. 1992: 10–11.

Basualdo, Ana: "El observador en la niebla." *El País libros* 18 Feb. 1990: 1–2.

Cabañas, Pilar. "Materiales gaseosos: Entrevista con Juan José Millás." *Cuadernos hispanoamericanos* Oct. 1998: 103–20.

Castellano, Koro. "Millás, cambio de identidad." *El País semanal* 5 Feb. 1995: 12–17.

Castilla, Amalia. "Mi novela es una metáfora literaria de lo que sucede en este país." *El País* 10 Feb. 1995: 37.

Marco, José María. "En fin . . . entrevista con Juan José Millás." *Quimera* 81 (1988): 20–26.

Rosenberg, John R. "Entre el oficio y la obsesión: Una entrevista con Juan José Millás." *Anales de la literatura española contemporánea* 21.1–2 (1996): 143–60.

Selected Criticism

Abbot, Annie R. "Transitional Discourses: The (Psycho)Somatic Fiction of Juan José Millás" Diss. U of Illinois, 1998.

Agawu-Kabraba, Yaw. "Desire, Psychoanalysis, and Violence: Juan José Millás' *El desorden de tu nombre*." *Anales de la literatura española contemporánea* 24.1–2 (1999): 17–34.

———. "Juan José Millás' *La soledad era esto* and the Process of Subjectivity." *Forum for Modern Language Studies* 35.1 (1999): 81–94.

Anastasio, María José. "Algo que nos concierne: Psicoanálisis, posmodernidad y responsabilidad moral en la narrativa de Juan José Millás." Diss. State U of New York, Buffalo, 2000.

———. "*El orden alfabético* de Juan José Millás: Salvación por la palabra." *Monographic Review / Revista Monográfica* 17 (2001): 187–205.

———. "*Tonto, muerto, bastardo e invisible* de Juan José Millás: El sujeto político español y la fantasía de la novela familiar." *Symposium* 58.2 (2004): 122–35.

Ballesteros, Isolina. *Escritura femenina y discurso autobiográfico en la nueva novela española*. New York: Lang, 2002.

Catalán, Miguel. "Lógica y solipsismo en la obra de Juan José Millás: En torno a *Trilogía de la soledad*." *Espéculo: Revista de*

*estudios literarios* 6 (1997). 12 Mar. 2005 <http://www.ucm
.es/info/especulo/numero6/millas.htm>.

Colvin, Robert Lloyd. "The Denaturing of Experience in Four Novels by Juan José Millás." Diss. Vanderbilt U, 1998.

Cuadrat, Esther. "Una aproximación al mundo novelístico de Juan José Millás." *Cuadernos hispanoamericanos* July–Aug. 1995: 207–16.

Gutiérrez, Fabián. *Cómo leer a Juan José Millás*. Madrid: Júcar, 1992.

Gutiérrez, Rebeca. "Teorías que cohabitan con la ficción: Síntomas posmodernos en *El desorden de tu nombre* de Juan José Millás." *RLA: Romance Languages Annual* 9 (1997): 526–28.

Holloway, Vance R. "The Pleasures of Oedipal Discontent and *El desorden de tu nombre*, by Juan José Millás." *Revista canadiense de estudios hispánicos* 18.1 (1993): 31–47.

Knickerbocker, Dale F. "Búsqueda del ser auténtico y crítica social en *Tonto, muerto, bastardo e invisible* de Juan José Millás." *Anales de la literatura española contemporánea* 22 (1997): 221–33.

———. "Identidad y otredad en *Primavera de luto* de Juan José Millás." *Letras peninsulares* 13 (2000): 561–79.

———. Juan José Millás: *The Obsessive Compulsive Aesthetic*. New York: Lang, 2003.

———. "La reiteración de motivos en *Tonto, muerto, bastardo e invisible* de Juan José Millás." *Revista hispánica moderna* 51.1 (1998): 147–60.

Miranda, Martha Isabel. "El lenguaje cinematográfico de la acción en la narrativa de Juan José Millás." *Revista hispánica moderna* 47 (1994): 526–42.

———. "La narrativa de Juan José Millás: Actitudes y formas." Diss. U of Pennsylvania, 1991.

Montano, Alicia. "Millás en el diván." *Qué leer* Sept. 1998: 42–46.

Ruz Velasco, David. "*La soledad era esto* y la postmodernidad: El sujeto escriptivo, el sueño mimetico y la antípoda." *Espéculo:*

*Revista de estudios literarios* 11 (1999). 12 Mar. 2005 <http://www.ucm.es/info/especulo/numero11/millas.html>.

Sobejano, Gonzalo. "Juan José Millás: Fábulador de la extrañeza." *Nuevos y novísimos: Algunas perspectivas críticas sobre la narrativa española desde la década de los 60.* Ed. Ricardo Landeira and Luis González del Valle. Boulder: Soc. of Spanish and Spanish Amer. Studies, 1987. 195–215.

Throne, Kirsten Ann. "Las máscaras de la realidad y el desafío de la libertad: Narraciones de una postmodernidad problemática en tres autores españoles contemporáneos." Diss. Yale U, 1993.

## Works by Juan José Millás

### Novels and Short Stories

*Articuentos.* Madrid: Alba, 2001.

*Cerbero son las sombras.* Madrid: Alfaguara, 1975.

*Cuentos a la intemperie.* Madrid: Acentos, 1997.

*Cuentos de adúlteros desorientados.* Barcelona: Lumen, 2003.

*El desorden de tu nombre.* Madrid: Alfaguara, 1986.

*Dos mujeres en Praga.* Madrid: Espasa, 2002.

*Ella imagina y otras obsesiones de Vicente Holgado.* Madrid: Alfaguara, 1994.

*Hay algo que no es como me dicen: El caso de Nevenka Fernández contra la realidad.* Madrid: Aguilar, 2004.

*El jardín vacío.* Madrid: Alfaguara, 1981.

*Laura y Julio.* Barcelona: Seix Barral, 2006.

*Letra muerta.* Madrid: Alfaguara, 1983.

*No mires debajo de la cama.* Madrid: Alfaguara, 1999.

*Números pares, impares e idiotas.* Madrid: Alba, 2001.

*El orden alfabético.* Madrid: Alfaguara, 1998.

*Papel mojado.* Madrid: Alfaguara, 1983.

*Primavera de luto y otros cuentos.* Barcelona: Destino, 1989.

*La soledad era esto*. Barcelona: Destino, 1990.

*Tonto, muerto, bastardo e invisible*. Madrid: Alfaguara, 1995.

*Visión del ahogado*. Madrid: Alfaguara, 1977.

*La viuda incompetente y otros cuentos*. Barcelona: Plaza y Janés, 1998.

*Volver a casa*. Barcelona: Destino, 1990.

SELECTED ESSAYS AND ARTICLES

*Algo que te concierne*. Madrid: El País Aguilar, 1995.

*Cuerpo y prótesis*. Madrid: El País, 2000.

"Gestos de la vida urgente." *El País* 1 Nov. 1987: 22.

"Literatura y necesidad" *Revista de occidente* 98–99 (1989): 186–91.

"Literatura y realidad." *Revista de occidente* 85 (1988): 122–25.

"Lo que cuenta el cuento: El auge del relato breve." *El País libros* 1 Nov. 1987: 21–22.

*María y Mercedes*. Barcelona: Península, 2005.

"Muerte del novelista." *El País* 14 Feb. 1987: 25.

*El ojo de al cerradura*. Barcelona: Península, 2006.

"Una peripecia moral." *El urogallo* 26 (1988): 27–58.

Prologue. *Relatos clínicos*. By Sigmund Freud. Trans. Luis López Ballesteros. Barcelona: Siruela, 1997. 9–13.

Prologue. *Tres novelas cortas:* Cerbero son las sombras, Letra muerta, Papel mojado. By Millás. Madrid: Alfaguara, 1998. 9–25.

"El revés de la trama." *El oficio de narrar*. Ed. Marina Mayoral. 2nd ed. Madrid: Cátedra; Ministerio de Cultura, 1990. 97–105.

*Todo son preguntas*. Barcelona: Península, 2005.

## NOTE ON THE TEXT

The stories in this volume were selected from Millás's
early collections, the first seven from *Primavera de luto*
(1989) and the next six from *Ella imagina y otras obsesiones
de Vicente Holgado* (1994). While neither of these collections was conceived as a unit, the author declares about
*Primavera de luto* that its stories were all written at around
the same time and thereby share a similar environment
and mood (114), a statement that seems to apply as well
to *Ella imagina*. Several of the stories appeared in newspapers and literary magazines. To my knowledge, the author
did not make editorial changes when preparing the stories
to be published in book form. For this edition I have cor-
rected what appeared to be typographic errors. The stories in the present volume illustrate his style and themes
and introduce the reader to his recurrent characters. I al-
tered slightly the order in which the stories appeared in
*Primavera de luto*, beginning with two that contain themes
that the author later develops in more depth. The other
stories are in the order in which they first appeared, although that order does not seem to reflect any particular
design either by the author or by his editor.

## Work Cited

Millá, Juan José. "Materiales gaseosos: Entrevista con Pilar Cabañas."
*Cuadernos hispanoamericanos* Oct. 1998:103–20.

JUAN JOSÉ MILLÁS

# Trastornos de carácter
## y otros cueutos

# TRASTORNOS DE CARÁCTER

*In "Trastornos de carácter," Millás introduces Vicente Holgado, who is the protagonist in many of his stories. A polymorphous character unaware of the rules that govern social interaction, Vicente can be understood as a liberating model: his behavior makes us aware of the automatization present in our daily lives. The story is told by Vicente's neighbor, who tries to explain Vicente's mysterious disappearance. Through this confession, the narrator ultimately tells his own story of loneliness and alienation. The story also highlights the importance that physical space (apartments, rooms, corridors, armoires, etc.) has in Millás's fiction. Vicente's theory is that all armoires are connected, allowing a person to travel through them. Millás further develops this theme in "Ella imagina."*

A lo largo de estos días se cumplirá el primer aniversario de la extraña desaparición de mi amigo Vicente Holgado. El otoño había empezado poco antes con unas lluvias templadas que habían dejado en los parques y en el corazón de las gentes una humedad algo retórica, muy favorable para la tristeza, aunque también para la euforia. El estado de ánimo de mi amigo oscilaba entre ambos extremos, pero yo atribuí su inestabilidad al hecho de que había dejado de fumar.

Vicente Holgado y yo éramos vecinos en una casa de apartamentos de la calle de Canillas, en el barrio de Prosperidad, de Madrid. Nos conocimos de un modo singular un día en el que, venciendo yo mi natural timidez, llamé a su puerta para protestar no ya por el volumen excesivo de su tocadiscos, sino porque sólo ponía en él canciones de Simon y Garfunkel, dúo al que yo adoraba hasta que Vicente Holgado ocupó el apartamento contiguo al mío, irregularmente habitado hasta entonces por un soldado que, contra todo pronóstico, murió un fin de semana, en su pueblo, aquejado de una sobredosis de fabada. Vicente me invitó a pasar y escuchó con parsimonia irónica mis quejas, al tiempo que servía unos whiskys y ponía en el vídeo una cinta de la actuación de Simon y Garfunkel en el Central Park neoyorkino. Me quedé a ver la cinta y nos hicimos amigos.

Sería costoso hacer en pocas líneas un retrato de su extravagante personalidad, pero lo intentaré, siquiera sea para situar al personaje y contextuar así debidamente su para algunos inexplicable desaparición. Tenía, como yo, 39 años y era hijo único de una familia cuyo árbol genealógico había sido cruelmente podado por las tijeras del azar o de la impotencia hasta el extremo de haber llegado a carecer de ramas laterales. Poco antes de trasladarse a

Canillas había perdido a su padre, viudo desde hacía algunos años, quedándose de golpe sin familia de ninguna clase. Pese a ello, no parecía un hombre feliz. No podría afirmar tampoco que se tratara de una persona manifiestamente desdichada, pero su voz nostálgica, su actitud general de pesadumbre y sus tristes ojos conformaban un tipo de carácter bajo en calorías que, sin embargo, a mí me resultaba especialmente acogedor. Pronto advertí que carecía de amigos y que tampoco necesitaba trabajar, pues vivía del alquiler de tres o cuatro pisos grandes que su padre le había dejado como herencia. En su casa no había libros, aunque sí enormes cantidades de discos y de cintas de vídeo meticulosamente ordenadas en un mueble especialmente diseñado para esa función. La televisión ocupaba, pues, un lugar de privilegio en el angosto salón, impersonalmente amueblado, en uno de cuyos extremos había un agujero que llamábamos cocina. Su apartamento era una réplica del mío y, dado que uno era la prolongación del otro, mantenían entre sí una relación especular algo inquietante.

Por lo demás, he de decir que Vicente Holgado sólo comía embutidos, yogures desnatados y pan de molde, y que bajaba a la tienda un par de veces por semana ataviado con las zapatillas de cuadros que usaba en casa y con un pijama liso, sobre el que solía ponerse una gabardina que a mí me recordaba las que suelen usar los exhibicionistas en los chistes.

5

Un día, al regresar de mi trabajo, no escuché el toca-discos de Vicente, ni su televisor, ni ningún otro ruido de los que producía habitualmente en su deambular por el pequeño apartamento. El silencio se prolongó du-rante el resto de la jornada, de manera que al llegar la noche, en la cama, empecé a preocuparme y me atacó el insomnio. La verdad es que lo echaba de menos. La relación especular que he citado entre su apartamento y el mío se había extendido ya en los últimos tiempos hasta alcanzar a nosotros.

Así, por las noches, cuando me lavaba los dientes en mi cuarto de baño, separado del suyo por un delgado tabique, imaginaba a Holgado cepillándose también al otro lado de mi espejo. Y cuando retiraba las sábanas para acostarme, fantaseaba con que mi amigo ejecutaba idén-ticos movimientos y en los mismos instantes en que los realizaba yo. Si me levantaba para ir a la nevera a beber agua, imaginaba a Vicente abriendo la puerta de su fri-gorífico al tiempo que yo abría la del mío. En fín, hasta de mis sueños llegué a pensar que eran un reflejo de los suyos; todo ello, según creo, para aliviar la soledad que esta clase de viviendas suele inflingir a quienes perma-necen en ellas más de un año. No he conocido todavía a ningún habitante de apartamento enmoquetado y an-gosto que no haya sufrido serios trastornos de carácter entre el primero y el segundo año de acceder a esa clase de muerte atenuada que supone vivir en una caja.

El caso es que me levanté esa noche y fuí a llamar a su puerta. No respondió nadie. Al día siguiente volví a hacerlo, con idéntico resultado. Traté de explicarme su ausencia argumentando que quizá hubiera tenido que salir urgentemente de viaje, pero la excusa era increíble, ya que Vicente Holgado odiaba viajar y que su vestuario se reducía a siete u ocho pijamas, tres pares de zapatillas, dos batas y la mencionada gabardina de exhibicionista, con la que podía bajar a la tienda o acercarse al banco para retirar el poco dinero con el que parecía subsistir, pero con la que no habría podido llegar mucho más lejos sin llamar seriamente la atención. Es cierto que una vez me confesó que tenía un traje que solía ponerse cuando se aventuraba a viajar (así lo llamaba él) por otros barrios en busca de películas de vídeo, pero la verdad es que yo nunca se lo vi. Por otra parte, al poco de conocernos, descargó sobre mí tal responsabilidad. Cerca de mi oficina había un video-club en el que yo alquilaba las películas que por la noche solíamos ver juntos.

Bueno, la explicación del viaje no servía.

Al cuarto día, me parece, bajé a ver al portero de la finca y le expuse mi preocupación. Este hombre tenía un duplicado de todas las llaves de la casa y, conociendo mi amistad con Vicente Holgado, no me costó convencerle de que deberíamos subir para ver qué pasaba. Antes de introducir la llave en la embocadura, llamamos al timbre tres o cuatro veces. Luego decidimos abrir, y nos llevamos una buena sorpresa al comprobar que estaba puesta la cadena de seguridad, que sólo era posible colocar desde dentro. Por la estrecha abertura que la cadena nos permitió hacer, llamé varias veces a Vicente, sin obtener respuesta. Una inquietud o un miedo de difícil calificación comenzó a invadir la zona de mi cuerpo a la que los forenses llaman paquete intestinal. El portero me tranquilizó:

—No debe de estar muerto, porque ya olería.

Desde mi apartamento llamamos a la comisaría de la calle de Cartagena y expusimos el caso. Al poco se presentaron con un mandamiento judicial tres policías, que con un ligero empujón vencieron la escasa resistencia de la cadena. Penetramos todos en el apartamento de mi amigo con la actitud del que llega tarde a un concierto. En el salón no había nada anormal, ni el pequeño dormitorio. Los policías miraron debajo de la cama, en el armario empotrado, en la nevera. Nada. Pero lo más sorprendente es que las dos únicas ventanas de la casa estaban cerradas también por dentro. Nos encontrábamos ante lo que los especialistas en novela policiaca llaman el problema del recinto cerrado, consistente en situar a la víctima de un crimen dentro de una habitación cuyas posibles salidas han sido selladas desde el interior. En nuestro caso no había víctimas, pero el problema era idéntico, pues no se comprendía cómo Vicente Holgado podía haber salido de su piso tras utilizar mecanismos de cierre que sólo podían activarse desde el interior de la vivienda.

Durante los días que siguieron a este extraño suceso, la policía me molestó bastante; sospechaban de mí por razones que nunca me explicaron, aunque imagino que el hecho de vivir solo y de aceptar la amistad de un sujeto como Holgado es más que suficiente para levantar toda clase de conjeturas en quienes han de enfrentarse a las numerosas manifestaciones de lo raro que una ciudad como Madrid produce diariamente. Los periódicos prestaron al caso una atención irregular, resuelta la mayoría de las veces con comentarios, que pretendían ser graciosos, acerca de la personalidad del desaparecido. El portero al que dejé de darle la propina mensual desde entonces, contribuyó a hacerlo todo más grotesco con sus opiniones sobre el carácter de mi amigo.

Pasado el tiempo, la policía se olvidó de mí y supongo que también de Vicente. Su expediente estará archivado ya en la amplia zona de casos sin resolver de algún sótano oficial. Yo, por mi parte, no me he acostumbrado a esta ausencia, que es más escandalosa si consideramos que su apartamento continúa en las mismas condiciones en que Vicente lo dejó. El juez encargado del caso no ha decidido aún qué debe hacerse con sus pertenencias, pese a las presiones del dueño, que —como es lógico— quiere alquilarlo de nuevo cuanto antes. Me encuentro, pues, en la dolorosa situación de enfrentarme a un espejo que ya no me refleja. Mis movimientos, mis deseos, mis sueños, ya no tienen su duplicado al otro lado

9

del tabique; sin embargo, el marco en el que se producía tal duplicidad sigue intacto. Sólo ha desaparecido la imagen, la figura, la representación, a menos que aceptemos que yo sea la representación, la figura, la imagen, y Vicente Holgado fuera el objeto original, lo cual me reduciría a la condición de una sombra sin realidad. En fin.

Tal vez por eso, por el abandono y el aislamiento que me invaden, he decidido hacer público ahora algo que entonces oculté; de un lado, por no contribuir a ensuciar todavía más la memoria de mi amigo, y de otro, por el temor de que mi reputación de hombre normal —conseguida tras muchos años de esfuerzo y disimulo— sufriera alguna clase de menoscabo público.

No dudo de que esta declaración va a acarrearme todo tipo de problemas de orden social, laboral y familiar. Pero tampoco ignoro que la amistad tiene un precio y que el silencioso afecto que Vicente Holgado me dispensó he de devolvérselo ahora en forma de pública declaración, aunque ello sirva para diversión de aquellos que no ven más allá de sus narices.

El caso es que Vicente, las semanas previas a su desaparición, había comenzado a prestar una atención desmesurada al armario empotrado de su piso. Un día que estábamos aturdiéndonos con whisky frente al televisor hizo un comentario que no venía a cuento:

—¿Te has fijado —dijo— en que lo mejor de este apartamento es el armario empotrado?

—Está bien, es amplio —respondí.

—Es mejor que amplio: es cómodo —apuntó él.

Le di la razón mecánicamente y continué viendo la película. Él se levantó del sofá, se acercó al armario, lo abrió y comenzó a modificar cosas en su interior. Al poco, se volvió y me dijo:

—Tu armario empotrado está separado del mío por un debilísimo tabique de rasilla. Si hiciéramos un pequeño agujero, podríamos ir de un apartamento a otro a través del armario.

—Sí —respondí, atento a las peripecias del héroe en la pantalla.

Sin embargo, la idea de comunicar secretamente ambas viviendas a través de sus armarios me produjo una fascinación que me cuidé muy bien de confesar.

Después de eso, los días transcurrieron sucesivamente, como es habitual en ellos, sin que ocurriera nada digno de destacar, a no ser las pequeñas —aunque bien engarzadas— variaciones en el carácter de mi amigo. Su centro de interés —el televisor— fue desplazándose imperceptiblemente hacia el armario. Solía trabajar en él mientras yo veía películas, y a veces se metía dentro y cerraba la puerta con un pestillo interior que él mismo había colocado. Al rato aparecía de nuevo, pero no con el gesto de quien hubiera permanecido media hora en un lugar oscuro, sino con la actitud de quien se baja del tren cargado de experiencias y en cuyos ojos aún es posible ver el borroso reflejo de ciudades, pueblos y gentes obtenido tras un largo viaje.

Yo asistía a todo esto con el respetuoso silencio y la callada aceptación con que me había enfrentado a otras rarezas suyas. Perdidos ya para siempre los escasos amigos de la juventud, y habiendo admitido al fin que los hombres nacen, crecen, se reproducen y mueren, con excepciones como la mía y la de Vicente, que no nos reproducíamos por acortar este absurdo proceso, me parecía que debía cuidar esta última amistad, en la que el afecto y las emociones propias de él no ocupaban jamás el primer plano de nuestra relación.

Un día, al fin, se decidió a hablarme, y lo que me dijo es lo que he venido ocultando durante este último año con la esperanza de llegar a borrarlo de mi cabeza. Al parecer, según me explicó, él tenía desde antiguo un deseo, que acabó convirtiendo en una teoría, de acuerdo con lo cual todos los armarios empotrados del universo se comunicaban entre sí. De manera que si uno entraba en el armario de su casa y descubría el conducto adecuado podía llegar en cuestión de segundos a un armario de una casa de Valladolid, por poner un ejemplo.

Yo desvié con desconfianza la mirada hacia el armario y le pregunté:

—¿Has descubierto tú el conducto?

—Sí —respondió en un tono afiebrado—, lo descubrí el día en el que tuve la revelación de que ese conducto no es un lugar, sino un estado, como el infierno. Te diré que llevo varios días recorriendo los armarios empotrados de las casas vecinas.

—¿Y por qué no has ido más lejos? —pregunté.

—Porque no conozco bien los mecanismos para regresar. Esta mañana me he dado un buen susto porque me he metido en mi armario y, de golpe, me he encontrado en otro (bastante cómodo por cierto) desde el que he oído una conversación en un idioma desconocido para mí. Asustado, he intentado regresar en seguida, pero me ha costado muchísimo. He ido cayendo de armario en armario hasta que al fin, no sé cómo todavía, me he visto aquí de nuevo. Si vieras las cosas que la gente guarda en esos lugares y la poca atención que les prestan, te quedarías asombrado.

—Bueno —dije—, pues muévete por la vecindad de momento hasta que adquieras un poco de práctica.

—Es lo que he pensado hacer.

Al día siguiente de esta conversación, Vicente Holgado desapareció de mi vida. Sólo yo sabía, hasta hoy al menos, que había desaparecido por el armario. Desde estas páginas quisiera hacer un llamamiento a todas aquellas personas de buena voluntad, primero, para que tengan limpios y presentables sus armarios, y segundo, para que si alguna vez, al abrir uno de ellos, encuentran en él a un sujeto vestido con un frágil pijama y con la cara triste que creo haber descrito sepan que se trata de mi amigo Vicente Holgado y den aviso de su paradero cuanto antes.

En fin.

*Representative of Millás's earlier narrative, "El clavo del que uno se ahorca" is probably the darkest in this volume. The existential tone is present throughout as the protagonist struggles to find ways to escape from "Sunday neurosis," a contemporary malady that reflects the individual's experience of time, especially vacation time, as a consumer commodity; it is an experience that renders life meaningless.* This concept already appears in Millás's first novel, Cerbero son las sombras, *where the protagonist, watching the hoards of families who, like his own, parade to the beach or park on a Sunday morning, imagines that their sad looks are telling him,* "Háblame, que estoy solo y no voy a ningún sitio, excepto al lunes, adonde llegaré en unas horas; entonces me meterán en algún sitio oscuro y pasaré allí el resto de la semana haciendo movimientos absurdos" *(182). The Sunday neurosis in "El clavo" is represented as a staircase that leads nowhere and can be understood in the context of Marxist alienation: just as industrialization has separated people from the result of their labor by transforming it into an exchange value, it has also transformed their experience of time. The natural cycles that governed preindustrial societies have been replaced by a time for production and a time for leisure. Society advertises leisure as*

*the moment to which one is supposed to look forward, but
in fact it becomes a product to be consumed rather than a
life to be lived. The protagonist does not fall for the promise
of the Sunday vacation but is not yet capable of ignoring
it; he lives in perpetual anguish, trying to escape the trap
of pseudocyclical time.*

¿Guarda un hombre memoria de las escaleras que subió
o bajó a lo largo de su vida? ¿Podría llegar a saber —en el
tramo final de su existencia— si eran todas la misma o si
algunas de ellas, aunque distantes entre sí, conducían a
idénticos espacios?

Esta preocupación por las escaleras me ha asaltado
de golpe, sin que yo haya puesto ninguna voluntad en
ello. Porque sobre lo que pretendía escribir era sobre los
domingos y, más concretamente, sobre sus largas e in-
quietantes tardes. ¿Adónde lleva la tarde de un domingo?
¿Adónde la suma de todas las tardes de todos los domingos de una existencia media?

Debo decir que ese día festivo de la semana me ha pa-
recido siempre un día cruel, quizá porque está hecho para
una pereza imposible, pero también porque en sus tardes
anida la desazón y el miedo a preguntarse qué es la vida o
para qué sirve, al fin, el esfuerzo desarrollado durante el
resto de la semana.

Tengo cuarenta y cinco años y arrastro este temor a
los domingos desde la niñez. Él ha determinado mi existencia, que ha carecido de otro objeto que no fuera el de

escapar a la maldición de ese día feriado que en los calendarios suele señalarse con una mancha roja. Así, cuando era adolescente, en lugar de salir con mis amigos, pasaba las tardes de los domingos en mi cuarto, realizando trabajos manuales que me ayudaban a hacer frente a ese momento en el que la luz del día parece sufrir una vacilación, como si dudara entre la posibilidad de durar eternamente o la de entregarse a la noche.

No me casé, aunque tuve más de una oportunidad, por la misma razón, es decir, para no padecer las tediosas reuniones familiares de los domingos por la tarde. Más adelante, en fin, cuando me tuve que ganar la vida, elegí trabajos cuyos períodos de descanso no se ajustaran al ritmo general, para ver si de este modo perdía la noción de los días y conseguía saltar sin abrasarme desde el sábado al lunes.

Mi vida está marcada, pues, por esta huida que comienzo a planificar la víspera del martes y desarrollo luego a lo largo de toda la semana hasta alcanzar el día innombrable con su fracaso consecuente. Y digo fracaso porque, pese a todas mis maniobras, no ha habido un solo domingo de mi vida en el que, llegado a ese punto indeterminado de sus tardes, mi conciencia haya dejado de advertir en qué lugar de la semana nos encontrábamos. Hace poco, por ejemplo, pasé unos días en Estambul, intentando vender una determinada marca de aparatos de aire acondicionado cuyos intereses represento en esa

zona de Europa. Pues bien, había perdido ya la noción del
tiempo, cuando un día —tras permanecer siete horas en
el hotel realizando un complicado informe comercial—
salí a la calle con el objeto de admirar la ciudad desde el
mar. El espectáculo era sobrecogedor, pues las cúpulas, al
atardecer, parecen construcciones liberadas del peso de la
gravedad. En seguida, advertí que mi placer comenzaba
a enturbiarse por un malestar indefinido, como si una extrañeza inquietante se apoderara de las zonas más vulne-
rables de mi pecho. Mi mirada adquirió un tono plomizo,
que proyectaba sobre los objetos de su interés, y hasta
el propio mar se contagió de una especie de solidez que
se traducía en una amenaza difusa, pero cierta. Efectivamente, era domingo y atravesábamos en ese instante uno
de los lugares más difíciles de sus misteriosos confines.

Hace algunos años, en uno de mis numerosos intentos
por librarme de este doloroso mal, cayó en mis manos
un manual de psicología, cuyo autor no recuerdo, en el
que había un artículo titulado *Las neurosis de los domingos*. Gracias a él, supe que esta rareza mía afectaba a importantes núcleos de la población, pero lo cierto es que
no he conocido a nadie que padezca esta «neurosis», al
menos en el grado con que la sufro yo. Por otra parte,
creo recordar que las causas que se señalaban en aquel
artículo me parecieron algo simples y la argumentación
muy mecánica. El caso es que no me curé tampoco con
aquella lectura.

Creo que bastarán las líneas anteriores para transmitir una idea aproximada de la magnitud de mi daño y para señalar también las carencias que le debo, carencias que a estas alturas de la vida comienzan a cobrar la calidad de una amputación no visible, pero tan eficaz como la ausencia de una mano frente al deseo de intercambiar una caricia: no tengo mujer, ni hijos, ni amigos, ni un trabajo mínimamente llevadero. Vivo solo, aferrado a la tarde de todos mis domingos con el abrazo de un condenado a su verdugo. Ahora, antes de colgarme del clavo que desde la pared me llama, voy a relatar lo que me sucedió el domingo último, que parece el final de una larga pesadilla de la que quizá no he despertado todavía o de la que quizá no pueda despertar por la simple razón de que no se trata de un sueño, ni siquiera de un mal sueño.

El caso es que llegué al sábado un poco aturdido por el exceso de trabajo de los días anteriores (la semana es una especie de escalera sin luz —cada día, un peldaño— por la que algunos ascienden en dirección al descanso, pero por la que otros, como yo, ruedan hasta abrirse la cabeza en el festivo). No había tenido tiempo, ni ganas, para preparar adecuadamente la huida del domingo. Por otra parte, el fin de semana me sorprendió en mi medio habitual, lo que sin duda agravaría el tránsito al lunes. Decidí, pese al justificado cansancio que sentía, pasar la noche del sábado en vela, emborrachándome de manera metódica, al objeto de dormir todo el domingo y alcanzar el lunes sin

19

sufrir daños importantes. Este sistema había demostrado ya sus virtudes en otras ocasiones y confiaba en perfeccionarlo graduando adecuadamente las dosis de alcohol ingeridas durante la víspera y la madrugada del penoso día cuya presencia intentaba evitar.

Me acosté a las nueve de la mañana del domingo, moderadamente ebrio, y tras un recorrido nocturno por los bares de la ciudad que solía frecuentar en ocasiones como ésta. El sueño me venció con relativa rapidez y me hundí en él con placer, sintiendo la respuesta agradecida de cada uno de los músculos de mi cuerpo. Creo que tuve, en esos primeros instantes, un sueño relacionado con una peluquería: alguien entraba en el establecimiento y pedía que le afeitasen y le arreglasen el cabello para asistir con la corrección debida al entierro de su madre. Yo contemplaba la escena desde algún lugar que ahora no recuerdo, pero que es irrelevante de cara a los sucesos que a continuación relataré.

El caso es que en algún momento determinado de este sueño adquirí la conciencia de que estaba dormido y eso, paradójicamente, me devolvió a la vigilia, si bien era una vigilia atenuada por los vapores del alcohol y por la bruma del agotamiento físico del que intentaba recuperarme. No abrí los ojos, por temor a despejarme demasiado, y entonces sucedió una rareza que consistía en la incapacidad de la memoria para saber a qué zona de mi propia existencia debía despertar. ¿Debería salir del sueño a mis primeros años, protegidos por la presencia olorosa de mi madre? ¿Debería hacerlo a la adolescencia tenebrosa, marcada por la particularidad de no ser un niño sin haber alcanzado por eso otro estado conocido? ¿A mi servicio militar, cuyos permisos coincidían con el único día no hábil de la semana? ¿A aquella apasionada historia de amor que terminó un domingo por la tarde, cuando sentado frente a Laura (Laura, Laura) en una cafetería advertí que el peso de aquel día maligno se sobrellevaba mejor solo que acompañado? ¿A mi primer trabajo? ¿A la universidad?

Permanecí durante un tiempo que no podría calcular, pero que tuvo que ser necesariamente breve, especulando sobre estas y otras posibilidades, sin que los registros de mi conciencia señalaran a qué lugar de la vida debería volver si en ese momento abriera los ojos. No debe interpretarse esta duda como una pérdida de identidad; por el contrario, ésta parecía haberse multiplicado por partición, sin perder por eso el denominador común, representado por el propietario de todas esas partículas, cada una de las cuales marcaba un límite, una frontera, por la que discurría mi conciencia.

Levanté, al fin, los párpados y comprobé, con una mezcla de decepción y alivio, que mis ojos se abrían al dormitorio habitado por el sujeto de cuarenta y cinco años que me representaba en el mundo con la relativa fidelidad con la que nos representamos a nosotros mismos. Así, pues,

21

las leyes de la lógica y la sucesión, por esta vez al menos, parecían a salvo. Miré el reloj y comprobé que apenas habían transcurrido dos horas desde que me acostara. Cambié de postura y volví a hundirme en las fantasías que preceden al estado de reposo. Curiosamente, recuperé el sueño de la peluquería. Entraba el sujeto de antes, sólo que ahora parecía más viejo y más cansado. Quería que le cortaran el pelo, pero exigía que le perfumaran luego la cabeza con una colonia cuya marca no reconocí.

—Esa colonia es muy antigua —decía el encargado—. Ya no la sirven.

El hombre era bajo, llevaba una chaqueta desflecada y una corbata negra. Parecía soportar un peso excesivo sobre la conciencia y daba, en general, la impresión de encontrarse bajo los efectos de un ataque de angustia. Decía:

—Es que tengo que ir al cementerio, a llevar flores. El año pasado sólo fui por mi madre, pero este año están los dos. Ahora tendré que ir todos los años por los dos.

—No tenemos esa colonia —insistía el encargado.

Desde dondequiera que me encontrara, miré las manos del sujeto y observé que no había en ninguno de sus dedos una alianza matrimonial. Creo que me identifiqué con él, sin llegar a sentir por eso ningún tipo de afecto. Inmediatamente añadió:

—A mi madre le gustaba mucho esa colonia.

—Es muy antigua —concluyó el encargado.

Volví a sentir que me despertaba. Con los ojos cerrados, viajé desde la peluquería hasta la cama, aunque no hubiera sabido decir hasta qué cama, pues ignoraba de nuevo a qué zona de mi vida estaba condenado a despertar. Alargué la mano para ver si sentía el suave tacto del camisón de mi madre, pero no encontré ningún calor ajeno al mío. Durante algunos minutos me entretuve en el juego anterior, hasta que la angustia de no saber en qué tramo de la existencia me encontraba me empujó de nuevo a levantar los párpados. Y de nuevo también, entre la desilusión y el consuelo, comprobé que era un hombre de cuarenta y cinco años sin otra responsabilidad que la de ponerse a cubierto de sus miedos. Miré el reloj: eran las cuatro de la tarde.

Cerré los ojos y caí en un sueño ligero, epidérmico, del que desperté varias veces con una sensación idéntica a la ya descrita. Luego, me olvidé de mí mismo y permanecí sobre la huella del colchón con la indiferencia de una piedra grande en el lecho de un río seco.

Finalmente, amanecí otra vez y abrí los ojos con un gesto de espanto, como si hubiera recibido previamente un misterioso aviso de la rareza que me iba a suceder. Porque lo primero que vi fue la ventana de mi habitación de niño (nunca olvidaré aquellas cortinas). Y después, el escritorio, y la pequeña librería, y los libros de texto, pero también la cama, y la mesita baja de madera sobre la que hacía toda suerte de trabajos manuales, desde el modelado de arcilla hasta la construcción de ingeniosos aparatos mecánicos que se mostraban tan útiles en el interior de mis fantasías como torpes e inhábiles en los recovecos de la realidad extramental. Yo mismo, en ese instante, construía una nave de carácter anfibio con la que había decidido atravesar la vida. Miré mis manos, mis dedos cortos, pero expertos, y deduje que se trataban de los miembros de un niño pequeño. Me incorporé, destilando un sudor disolutivo, para hacerme cargo de mi estatura y elevar el horror unos centímetros. Era, efectivamente, un niño, pero conservaba una memoria nítida de mi pasada madurez. Una revelación sin contenido verbal estalló en mi conciencia: los hombres no duran de forma sucesiva, sino que amanecen caprichosamente a un lugar u otro del círculo formado por sus vidas. La existencia, como la Tierra, es redonda; carece, pues, de abismos y se puede alcanzar el mismo punto partiendo en direcciones opuestas. La rareza de mi caso provenía de un error de cálculo, de un desajuste, basado en la conservación de una memoria que debería haber perdido al instalarme en este pedazo de mi esférica existencia.

Comprobé, por los libros de texto y los cuadernos escolares, que tenía doce años, además de un malestar difuso situado en esa zona del pecho cercana a la congoja. Abrí la puerta de la habitación y salí al pasillo, desde donde escuché voces provenientes del salón. Mis padres, al parecer, hablaban con unos amigos que no conseguí identificar. Me acerqué sigilosamente hasta situarme detrás de la puerta. Mi madre decía en ese instante:

—Yo nunca he comprado nada hecho. Prefiero elegir las telas y confeccionarlo yo misma.

Con la ayuda de la voz, evoqué su rostro, su melena de entonces, sus poderosas manos. Retrocedí sin ruido y entré en el cuarto de baño. Me sorprendió la altura del interruptor de la luz, el olor de las toallas, el diseño de la bañera. Me asomé al espejo y vi un rostro ovalado en el interior del cual navegaban unos ojos oscuros. Contemplé la geografía de mi cara por ver si su relieve delataba ya lo que iba a ser de mí. De súbito, una tristeza inconsolable me colocó al borde del llanto. Cogido al lavabo como un náufrago a una tabla, me entregué a las lágrimas con desesperación infantil. Afortunadamente, el hombre maduro que compartía con el niño aquel cuerpo pequeño restó importancia a mi llanto, consolándome con palabras suaves que fueron, poco a poco, devolviéndome a la normalidad. Una vez frenada esta acometida, me lavé la cara y regresé a la habitación. Estuve terminando de armar la nave, que tenía más piezas que un reloj, mientras con una esquina de los ojos observaba la luz de la ventana. Era una luz podrida, como la de un domingo por la tarde. Noté en el pecho la opresión que precede a la angustia. Pensé en acudir al salón, junto a mis padres, pero temí que mamá, que lo sabía todo, advirtiera que tras de mi mirada infantil se ocultaba una experiencia muy superior a la edad representada por mis rasgos. Deshice la nave y, tras desordenar las piezas, comencé a organizar de nuevo su estructura con la paciencia y el amor con la que uno reconstruiría su vida, si eso fuera posible. Y a medida que las maderas encajaban, mi lentitud crecía y la tarde se evaporaba con el tono de una queja distante, de un dolor remoto, de un alarido subterráneo. Dios mío, pensé, qué raro es todo.

Luego ya era de noche y la angustia comenzó a disolverse sin que mi voluntad interviniera en el proceso. Encendí la luz y observé el cuarto con curiosidad. Era tan cercano y a la vez tan ajeno... Oí que se abría la puerta del salón y la voz de mi madre en el pasillo:

—Luis, recoge tu cuarto, que cenamos en seguida.

Mi madre. Aún no la había visto. Ahora teníamos los dos la misma edad. ¿Lo notaría? ¿Me seguiría castigando si no me portaba bien? ¿Me gustaría a mí que me castigara? Durante algunos instantes fui feliz; me parecía bien volver a vivir con la ventaja que sobre los demás me daba la experiencia. Si supiera aprovechar ese capital, podría sin duda alcanzar posiciones importantes. Volvería a conocer a Laura (a Laura) y no tendría ninguna dificultad para ser el primero de la clase, aunque ahora me pregunto si quise serlo alguna vez. Me ocuparía más de mi madre en los días que precedieron a su fin. Cuántas cosas. Miré la librería y vi mis hermosos libros de aventuras, con los que viví tantas vidas que ya había olvidado y que podría repetir de nuevo. Disimular, tendría que disimular, pero eso ya lo había hecho antes, o después —según se mire—, con la diferencia de que ahora sabía con certeza qué es lo que tenía que encubrir.

De súbito, me acordé de los domingos, de los domingos que me quedaban por vivir, aunque ya los había padecido. De algunos de ellos guardaba una memoria minuciosa, de manera que me pareció insoportable la idea de atravesarlos otra vez. Se trataba de un precio demasiado alto para llegar al mismo sitio. Decidí suicidarme. Me colgaría de un clavo que había en la pared (en todas las habitaciones en las que he vivido había siempre un clavo, el mismo tal vez).

Cogí la cuerda de una vieja cometa y comencé a hacer los preparativos con una nostalgia tan grande que me di un poco de pena y volví a llorar, aunque en esta ocasión el adulto y el niño lloraron a la vez. Entre tanto, mis dedos manipulaban la cuerda con una destreza que ya había olvidado. Coloqué una silla junto a la pared, me subí a ella y alcancé el clavo, del que aseguré un extremo de la cuerda. Miré el lazo y me sentí satisfecho del trabajo realizado. He de decir que tuvo sus dificultades, porque lo hice con una cuerda doble por miedo a que ésta no resistiera mi peso o mi experiencia.

Cuando ya estaba a punto de dar una patada a la silla, pensé en mi madre, me hice cargo de su dolor, de su espanto, cuando entrara a buscarme para cenar y me viera

27

colgando de la pared. Estuve a punto de desistir, pero inmediatamente también deduje que esa escena horrible había pasado ya muchas veces y seguiría pasando eternamente, pero que la olvidaríamos de nuevo hasta que volviera a pasar. De manera que apreté los dientes y empujé la silla hacia un lado. Sentí un dolor estimulante, escuché un crujido y luego una respiración forzada que me pareció ajena, como si hubiera otro cuerpo colgando junto al mío. Después, nada.

Escribo estas líneas desde la habitación de un hotel al que he vuelto a despertar después de suicidarme. Me suenan los cuadros, y la cama, y el clavo imprecisamente escondido detrás de las cortinas. Creo que estuve en esta habitación hace años, cuando representaba los intereses de una empresa de importación en la que trabajé algún tiempo. Debo tener treinta y cinco años, pero guardo memoria de la experiencia anterior y de los diez años posteriores ya vividos.

Lo peor es que me parece que es otra vez domingo. Hay en el cielo unos jirones violetas en los que la luz intenta permanecer para durar. Huele a festivo y está atardeciendo. De manera que voy a suicidarme otra vez, a ver si tengo suerte y amanezco a un lunes, a un martes o a un miércoles; en el peor de los casos, a un viernes o a un sábado. El caso es que no sea domingo y que, si es posible, haya perdido la memoria.

En fin.

# SIMETRÍA

*"Simetría" exemplifies the consequences of breaking the rules of propriety. Escaping from the anxiety provoked by the "Sunday neurosis," the protagonist gets into trouble when he leaves the safe environment of his apartment and tries to interact with people in the street. Like many of the stories in* Primavera de luto, *"Simetría" is narrated in the first person and begins with a personal statement that aims to create a sort of complicity with the reader, who is thus invited to empathize with the protagonist.*

A mí siempre me ha gustado disfrutar del cine a las cuatro de la tarde, que es la hora a la que solía ir cuando era pequeño, no hay aglomeraciones y con un poco de suerte estás solo en el patio de butacas. Con un poco más de suerte todavía, a lo mejor se te sienta a la derecha una niña pequeña, a la que puedes rozar con el codo o acariciar ligeramente la rodilla sin que se ofenda por estos tocamientos ingenuos, carentes de maldad.

El caso es que el domingo este que digo había decidido prescindir del cine por ver si era capaz de pasar la tarde en casa, solo, viendo la televisión o leyendo una novela de anticipación científica, el único género digno de toda la basura que se escribe en esta sucia época que nos ha tocado vivir. Pero a eso de las seis comenzaron a retransmitir un partido de fútbol en la primera cadena y a dar consejos para evitar el cáncer de pulmón en la segunda. De repente, se notó muchísimo que era domingo por la tarde y a mí se me puso algo así como un clavo grande de madera a la altura del paquete intestinal, y entonces me tomé un tranquilizante, que a la media hora no me había hecho ningún efecto, y la angustia comenzó a subirme por todo el tracto respiratorio y ni podía concentrarme en la lectura ni estar sin hacer nada... En fin, muy mal.

Entonces pensé en prepararme el baño y tomar una lección de hidroterapia, pero los niños del piso de arriba comenzaron a hacer rodar por el pasillo algún objeto pesado y calvo (la cabeza de su padre, tal vez), y así llegó un momento en el que habría sido preciso ser muy insensible para ignorar que estábamos en la víspera del lunes. Paseé inútilmente por el salón para aliviar la presión del bajo vientre, cada vez más oprimido por el miedo. Pero la angustia —desde donde quiera que se produjera— ascendía a velocidad suicida por la tráquea hasta alcanzar la zona de distribución de la faringe, donde se detenía unos instantes para repartirse de forma equitativa entre la nariz, la boca, el cerebro, etc.

Y en esto ya no puedo más y me voy a ver a mi vecino, que también vive solo en el apartamento contiguo al mío. Sé que estaba en su agujero porque había oído ruidos y porque, además, es un pobre infeliz que jamás sale de su casa. Pues bien, llamé a su puerta varias veces y, en lugar de abrirme, comenzó a murmurar y a gemir como si estuviera con una mujer. Me dio tanta rabia que decidí irme al cine, aunque fuera a la segunda sesión, completamente decepcionado ya de las relaciones de vecindad, que son las únicas posibles una vez que uno ha cumplido los cuarenta y se ha desengañado de las amistades de toda la vida.

Y en este punto comenzó mi ruina por lo que a continuación detallaré: resultó que en la cola del cine —tres o cuatro metros delante de mí— había un señor que se parecía mucho a mi vecino y que no hacía más que volverse y mirarme como si me conociera de algo, y de algo malo a juzgar por la expresión de su rostro. Tuve la mala suerte de entrar cuando ya había comenzado la película y de que el acomodador, por casualidad, me colocara junto a él. Este sujeto estuvo removiéndose en el asiento, dándome codazos y lanzando suspiros durante toda la película. Daba la impresión de que yo le estuviera molestando de algún modo, cosa improbable, si consideramos que no suelo masticar chicle, ni comer palomitas, ni desenvolver caramelos en la sala. El filme, por otra parte, era novedoso y profundo, pues se trataba de una delegación de aves, que se presentaba ante Dios con el objeto de protestar por la falta de simetría detectable en algunos aspectos de la naturaleza. Así, esta delegación —compuesta por pájaros grandes en general— se quejaba de que tanto los animales terrestres como los aéreos tuvieran que encontrarse tras la muerte en la misma fosa, cuando una disposición más armónica y equilibrada habría exigido que quienes pasaran su existencia en el aire reposaran en la tierra al fallecer, mientras que quienes habían vivido en la tierra encontraran descanso eterno en el aire. El Supremo Hacedor, que todo lo sabe, no ignoraba que ésta era una vieja aspiración de los buitres y demás pájaros carroñeros, que soñaban con una atmósfera llena de cadáveres. Pero ocupado como estaba en otros asuntos de mayor trascendencia, y por no discutir, firmó una disposición obligatoria que sólo obedecieron los indios. Más cuando los indios se acabaron por las rarezas de la historia y los cadáveres desaparecieron de las ramas de los árboles, se formó una nueva comisión que volvió a molestar con la misma cantinela al Relojero del Universo. Entonces, Éste —que se encontraba ya menos agobiado— explicó a los pájaros que la simetría no se podía imponer de golpe, sino que se trataba de una conquista a realizar en diversas etapas, la primera de las cuales —dijo— consistiría en convertir a los gorriones en las cucarachas de las águilas. De ahí que desde entonces estas aves rapaces sientan enorme repugnancia por esos pajaritos grises, que los seres humanos nos comemos fritos en los bares de barrio.

Bueno, pues el impertinente sujeto que digo me impidió ver a gusto este documental apasionante y denso, del que sin duda se me escaparon muchas cosas. Pero lo peor fue que a la salida del cine comenzó a perseguirme por todas las calles con un descaro y una astucia impresionantes: con descaro, porque no hacía más que mirarme; y con astucia, porque en lugar de seguirme por detrás, me seguía por delante, aunque volvía frecuentemente el rostro con expresión de sospecha, como si yo fuera un delincuente conocido o algo así.

Intenté sin éxito deshacerme de él con diversas argucias, pero se ve que el tipo era un maestro en esta clase de persecuciones y no hubo manera de quitármelo de encima. Hasta que, a las dos horas de implacable persecución, se paró delante de una comisaría y cuchicheó algo con el guardia de la puerta, al tiempo que me señalaba. Yo continué avanzando con tranquilidad sin sospechar lo que me aguardaba. El caso es que cuando llegué a la altura del establecimiento policial, el guardia me detuvo y me preguntó que por qué tenía yo que seguir a aquel señor. Le expliqué sin perder los nervios ni la compostura, que se había equivocado, que el perseguido era yo. De todos modos, me obligó a pasar dentro en compañía del sujeto, que frente al comisario me acusó de haberle molestado con el codo y con la rodilla durante la película, y de andar detrás de él toda la tarde.

En seguida advertí que el comisario estaba más dispuesto a creerle a él que a mí, porque yo era —de los dos— el que peor vestido iba, pero también porque un ligero defecto de nacimiento le da a mi mirada un tono de extravío que quienes no me conocen identifican con cierta clase de deficiencia psíquica. Procuré, pues, mantener la serenidad y hablar en línea recta, pese a mi conocida tendencia a utilizar giros y metáforas cuyo significado más profundo no suelen alcanzar las personas vulgares. Y creo que habría conseguido mi propósito de convencer al policía, de no ser porque en un momento dado de este absurdo careo el defensor de la ley nos preguntó que qué película habíamos visto. Yo respondí que no me acordaba del título, aunque podía contarle el argumento. Confiaba en derrotar a mi adversario en este terreno, dada mi habilidad para narrar fábulas o leyendas previamente aprendidas. De manera que me apresuré a desarrollar la historia de los pájaros. Y ahí es donde debí cometer algún error, porque detecté en el comisario una mirada de perplejidad y una fuerte tensión a medida que el relato avanzaba.

El caso es que cuando acabé de contarle la película, se dirigió al otro y le dijo que podía marcharse; a mí me retuvieron aún durante algunas horas. Finalmente, me hicieron pagar una multa de regular grosor y me dejaron ir con la amenaza de ser llevado a juicio si volvía a las andadas.

Desde entonces, siempre que me persigue alguien, me detienen a mí. Y de todo esto tiene la culpa mi vecino, que no me abre la puerta. Pero también influye un poco el hecho de que haya dejado de asistir al cine a las cuatro de la tarde, que es la hora a la que solía ir cuando era pequeño.

En fin.

# ELLA ESTABA LOCA

*One of Millás's favorite themes is concealment and how far a person will go to pass as normal. Signs of normality, such as having a job, a family, or a silver-spoon collection, seem to offer a form of belonging and a way to hide anomalies, but as the protagonist declares, concealment is exhausting because of the anxiety it generates. Millás builds on this idea in his novel* Tonto, muerto, bastardo e invisible, *in which the protagonist, Jesús, an opportunistic social climber, explains his success: his ability to imitate behavior conceals his idiocy. While the title of the story suggests that the insane one is "ella," the story, like the novel, implies that all people, to some extent, are keeping their insanity a secret.*

Qué raro es todo. Tengo una amiga que desempeña un puesto de responsabilidad en unos laboratorios farmacéuticos. Es menuda y morena. Ha conseguido —ignoro con qué clase de artificio— conservar una mirada adolescente en la que implica a todo su cuerpo. Su expresión verbal es algo fría, pero muy exacta, como si hubiera aprendido a leer en los antiguos prospectos médicos que utilizaban términos tan ambiguos y bellos como *antiflogístico*. Su matrimonio marcha bien; él es un profesional que todavía no ha sido derrotado por las comidas de trabajo y que disfruta con los placeres sencillos del hogar. Tienen un hijo adolescente que les ha salido muy estudioso y que no bebe cerveza en la calle. Son felices, pues.

Solemos coincidir los domingos por la mañana en una filatelia de la Plaza Mayor. Ella siempre consigue los mejores sellos a los mejores precios, pero mi colección vale más que la suya y no pienso desprenderme de ella, si eso es lo que busca. Tomamos un vermut y hablamos de las cosas de la vida. Ella posee una notable capacidad para diseccionar los sentimientos y las actitudes. Para ella, las actitudes esconden sentimientos y los sentimientos esconden temores. De los temores no dice nada, como si fueran órganos tan visibles como las orejas.

Estos raros encuentros —yo no conozco a su familia ni ella a la mía— han alcanzado ya cierto grado de institucionalización y creo que ninguno de los dos podríamos prescindir de ellos. Son una especie de islote en nuestras vidas. Yo le cuento cosas y le digo mentiras que no me atrevería a exponer a ninguna otra persona. Creo que esto se debe a que en cierto modo es una desconocida. Cualquier domingo podría dejar de aparecer y yo tendría que resignarme a ello, como nos resignamos a que llueva o nieve en contra de nuestros intereses. Ella suele hablarme mucho de su trabajo y por eso sé que antiflogístico no

significa lo que parece. Su puesto en la empresa guarda
alguna relación con el área comercial, pero yo no suelo
escuchar esta zona de su conversación porque, como no
he estudiado, no consigo entender la lógica comercial de
unos laboratorios farmacéuticos que empiezan por tener
un nombre impronunciable. Envidio de ella su serenidad
(no tendrá más de un par de tics nerviosos) y su fuerza:
llega siempre a donde se propone sin dejar de seducirse a
sí misma en el recorrido.

El caso es que el otro día, después de ver las novedades
filatélicas, nos sentamos al sol en una de las cafeterías de
la Plaza. Hacía un día muy bonito, si uno es de esos que
se embriagan con los primeros domingos de la primavera.
Me dijo:

—He de confesarte un secreto.

—Piénsalo —respondí—, a veces uno se arrepiente.

Entonces me reveló que estaba loca.

—No es posible —le dije—, eres una persona muy
equilibrada. Si eso que dices fuera verdad, yo lo habría
notado.

Me explicó que no lo sabía nadie, que yo era la primera
persona a quien se lo confiaba. Insistí en que se quitara
eso de la cabeza argumentándole que los locos no saben
que están locos.

—Son los cuerdos los que no saben que están locos
—respondió.

—Ese razonamiento —insistí— indica que estás cuerda.

—Al contrario —dijo, y cayó en un silencio controlado. Finalmente me contó que estaba realmente loca, pero que se pasaba el día disimulando. Por eso era tan buena en su trabajo y en su matrimonio, y por eso coleccionaba sellos y cucharillas de plata: para disimular. Y argumentaba tan bien para que nadie advirtiera que estaba loca. Y todo lo que hacía en su vida no tenía otro objeto que ocultar su locura a los demás.

—Yo creo —añadió— que si un día alguien, aunque sea mi marido, se da cuenta de que estoy loca, lo mato.

Me miró significativamente y sonrió en dirección a mi palidez. Recordé el argumento de una novela policíaca en la que una criada analfabeta asesina a una familia por haber descubierto esta carencia.

—No te preocupes —dijo—, tú todavía no te has dado cuenta.

Comencé a pensar en la posibilidad de que estuviera loca realmente; temí que eso modificara nuestra relación. Dije:

—A mí no me importa, si sigues disimulando, claro.

—No sufras —respondió—, te aprecio demasiado.

Luego me pidió disculpas por haberme obligado a entrar de este modo en su intimidad y yo empecé a temer que su confesión no hubiera terminado.

—Estoy agotada —dijo—, tú no sabes lo que es estar aparentando que eres lo que no eres cada minuto de tu vida. Tengo insomnio, y yo creo que es por miedo a descubrirme mientras duermo. Además, últimamente me ha sucedido algo terrible.

Tragué saliva y me agarré al vermut. Una nube ensombreció nuestros rostros y un perro ladró en algún punto de la Plaza. Vi pasar a mi jefe, que también colecciona sellos, a unos metros de mí. Le deseé lo peor. Mi colección es también mejor que la suya.

—¿Qué ha sucedido? —pregunté resignado.

Entonces me contó que en los últimos tiempos se había dedicado a espiar a su hijo y había llegado a la conclusión de que estaba loco, como ella, pero que lo disimulaba también.

—Es lo que más temía —añadió—, transmitir a mi hijo esta enfermedad.

—Pero si otras veces me has dicho que era un chico muy estudioso.

—Sí, sí, es muy estudioso y nunca llega tarde a casa y le gusta ver la televisión con sus padres, pero todo eso lo hace para que nadie se dé cuenta de que está loco. ¡Lo que estará pasando el pobre...!

Guardé silencio con la mirada puesta en las patatas fritas. Volvió a pasar mi jefe; está algo desmejorado desde que comencé a echarle esos polvos laxantes en el café. No me vio, porque el otro día le robé las gafas y todavía no le han dado las nuevas.

—Yo creo —decía ella en ese instante— que hay más personas, incluso con responsabilidades políticas, que padecen este mal, pero como disimulan tan bien no hay manera de distinguirlos.

—Claro —respondí con pesadumbre.

—Y el problema —añadió— es que si alguien se da cuenta de lo que nos pasa a mi hijo y a mí podemos perjudicar mucho a mi marido. Te he engañado respecto a su trabajo; en realidad, tiene un puesto de mucha responsabilidad.

—¿Qué hace? —pregunté.

—Es presidente del Gobierno.

—Ya —dije.

El martes pasado vendí mi colección de sellos y hace ya tres domingos que no voy por la Plaza. Pero a veces tengo nostalgia de aquellas mañanas que llenaron mi vida y me dan ganas de localizar de nuevo a la mujer del presidente. Qué vida.

En fin.

## ELLA ERA DESDICHADA

*"Ella era desdichada" is a humorous reflection on the future as a promise of happiness that is never realized. The humor of the story comes from the matter-of-factness with which the character called "Ella" unaffectedly narrates the miseries that make up her life and her determination to remain impassive to the lie of happiness. The irony is that, while at the onset she seems to be resigned and cynical, we find that as the narrative progresses, the story is actually an affirmation of life.*

Ya de pequeña, en los primeros años de mi infancia, comprendí que el ser humano está más dotado para la infelicidad que para la dicha. Por eso me llamaba la atención ver cómo hombres y mujeres, desde edades muy tempranas, se afanaban por labrarse un futuro feliz. Naturalmente, cuando llegaba el futuro —vacío de placer, pero rico en desventura— caían en profundas depresiones, pues habiéndose preparado para afrontar la dicha, ignoraban de qué manera se debe manejar el infortunio.

Mis padres fueron muy infelices, no se querían nada y discutían todo el rato por cosas sin sustancia. Todavía tengo grabada en la memoria algunas de sus peleas.

—Me voy a matar un día de estos —decía mi madre agobiada por los problemas domésticos y por el llanto de mis hermanos pequeños.

—Pues dime ya qué día —respondía mi padre con desprecio— porque la semana que viene tengo un viaje de trabajo y faltaré de casa entre el lunes y el jueves.

—Estoy harta de vivir a expensas de tus necesidades; el día que muera lo haré a expensas de las mías, cuando menos lo esperes.

—¿Por qué no te matas el viernes que está aquí tu madre y puede hacerse cargo de los niños?

—Me revienta pedirle favores a mi madre.

—Todo son problemas —finalizaba mi padre poniendo nuevamente su atención en el periódico.

Mi madre no se mató nunca, desde luego, pero esta amenaza permanente envenenó la existencia familiar y nos hizo a mis hermanos y a mí muy desgraciados.

En consecuencia, fui una adolescente fría, muy alejada de las pasiones de mis compañeras que andaban todo el día excitadas con su futuro. Mientras ellas buscaban al hombre de su vida, con quien proyectaban tener hijos rubios y hacer largos viajes, yo pensaba en el modo de labrarme un porvenir oscuro, adverso, lleno de mala sombra, en fin. Si, como parecía evidente, el ser humano tenía más capacidad para alcanzar el fracaso que para obtener la gloria, lo lógico era desarrollar ese don y no empeñarse en violentar a la naturaleza inclinándola hacia dominios en los que no era competente.

Ya en la juventud, tuve un noviazgo horrible, lleno de separaciones, amarguras y malentendidos. Él era contable en una fábrica de pan, pero lo echaron al poco de casarnos y yo tuve que ponerme a fregar suelos. A nuestra boda, por cierto, no vino nadie, porque ni su familia ni la mía llegaron a aceptar este matrimonio. Pero él estaba de acuerdo conmigo en que no debíamos intentar ser felices.

—La felicidad —decía interpretando con exactitud mis pensamientos— es una ilusión, un mero concepto, una idea. La desgracia, sin embargo, es una experiencia real, algo que pasa, que sucede y que se ve.

Tuvimos dos hijos que no nos proporcionaron ninguna satisfacción; nos amargaron la vida para ser exactos. El pequeño se fugó de casa a los quince años y no supimos nada de él hasta las Navidades pasadas, que nos escribió desde una cárcel de Portugal pidiéndonos dinero. Según nos contaba, estos veinte años transcurridos desde su fuga han sido los peores de su vida. Por supuesto, no le enviamos ni un céntimo. El mayor trabaja en la Seguridad Social y no respira bien; parece que tiene algo de pulmón. Su mujer lo abandonó el año pasado, junto a sus cuatro hijos, que tienen la habilidad de coger todas las enfermedades que pasan.

Habíamos alcanzado por tanto un grado de desdicha considerable y por esa razón éramos muy infelices. Ello nos protegía de las decepciones de la vida y, curiosamente, nos daba un grado de seguridad que, según he comprobado, sólo se encuentra en el cenagoso fondo de la tristeza. Mi marido, que siempre tuvo una naturaleza quebradiza, se ha pasado media vida de médicos y al final ha conseguido que le extirpen un riñon. A mí me quitaron los ovarios hace siete años y a lo mejor ahora me tienen que sacar la vesícula. Claro que todo esto no lo habríamos podido hacer sin la ayuda del mayor de nuestros hijos, que trabaja en la Seguridad Social y sabe lo que tienes que decir que te duele para que te quiten una cosa. A él le han quitado ya dos vísceras y ahora anda detrás de que le amputen tres dedos del pie derecho. Si lo consigue, le darán la invalidez permanente, porque además no respira bien.

Bueno, el caso es que de este modo hemos ido envejeciendo mientras la vida —que es un accidente de la Nada— nos daba la razón. Ahora ya estamos jubilados y seguimos viviendo en este piso oscuro con un gato al que odiamos. Nos levantamos tarde y, mientras yo hago la cama, mi marido se va al mercado porque compra mejor que yo, o eso dice él. Después de comer, dormimos un rato en el sillón, con la televisión encendida, y a media tarde damos un paseo o nos acercamos a ver a los nietos, que cada día están peor los pobres. Al volver a casa, cenamos unas verduras con media botellita de vino y nos sentamos a ver la televisión hasta que se acaba o nos dormimos. Generalmente, nos dormimos.

Pues bien, el otro día ponían una película de nuestra época, de manera que lo preparamos todo para estar sentados en el tresillo, frente al aparato, a la hora exacta. En el descanso fui a la cocina y traje unas cosas para picar. Luego nos animamos y bebimos un poco de coñac que guardamos para las fiestas. Cuando terminó la película, nos fuimos a la cama. Mi marido, como toma pastillas, se durmió en seguida, pero yo me quedé despierta y empecé a pensar que, en realidad, era bastante feliz. Nuestra vida era sencilla, pero tampoco nosotros le pedíamos más. Esa noche, sin ir más lejos, había disfrutado mucho con la película. Además, me gustaba el momento del día en que nos acostábamos y nuestros cuerpos se acoplaban entre sí con la sabiduría que dan los años. Y me gustaba ver llegar a mi marido de la compra y que me comentara el precio de la fruta. Y yo creo que hasta empezaba a disfrutar cuidando a los nietos algunos días que su padre tenía turno de noche. Nuestra vida, pues, era apacible y sosegada.

La revelación me dejó bastante sorprendida y, en cierto modo, angustiada. Naturalmente, no le comenté nada a mi marido, pero empecé a observarlo para ver si le pasaba lo mismo que a mí y comprobé, en efecto, que era un hombre acomodado a su situación, sin grandes desacuerdos.

Pasados unos días, al acostarnos, le hice partícipe de mis sentimientos y le comenté que también había observado algunos signos de dicha en su comportamiento.

—En fin —terminé—, creo que somos felices.

—¿Qué dices, mujer? —respondió él— ¿Llamas felicidad a tener que hacer mil números para llegar a fin de mes? ¿Y a no tener ascensor en la casa? Claro, como tú no cargas con la compra...

—Pero estamos tranquilos y hacemos cosas que nos gustan.

—¿Qué haces tú que te guste?

—Pues pasear, ver la tele e imaginar cosas.

—¿Qué clase de cosas?

—Desgracias y chistes.

Entonces le conté dos chistes de médicos que me había inventado esa tarde y conseguí que se riera bastante. Pero no conseguí que confesara que éramos felices. Y es que los hombres tienen menos capacidad que nosotras para reconocer las cosas.

En fin.

# ELLA ESTÁ EN TODAS PARTES

*"Ella está en todas partes" introduces us to a mature woman as she tries to come to terms with her solitude after the project of marriage has proved unworkable. As in "Trastornos de carácter," Millás plays with the theme of the double, who serves as both a critic of the ego and, as Freud asserts, a representation of "all our suppressed acts of volition which nourish in us the illusion of Free Will" (220). The protagonist's uncanny encounter with her double occurs precisely at the moment when she has resolved to forgo the artificiality she finds in most human relationships. Such an encounter with a double is also a prominent theme in the novel* La soledad era esto, *in which, as in "Ella está en todas partes," the double signals the protagonist's embracing of her self-determination.*

Cuando naufragó mi segundo matrimonio, supe que mi biografía amorosa había terminado. En el futuro podría tener historias más o menos intensas, pero en todas ellas habría un componente artificial, como de representación, difícil de conjugar con el grado de compromiso que, desde mi punto de vista, debe alimentar cualquier proyecto amoroso. No quisiera parecer radical, pero los hombres son tan raros... En fin, quiero decir que ellos carecen de emociones o en todo caso tienen cierta incapacidad para comunicarlas. Ellos se relacionan bien con los objetos —el coche, el reloj de oro, la agenda de piel, la tarjeta de crédito—, y quizá a través de ellos intentan decir cosas más profundas que las mujeres no conseguimos entender; sin embargo, nosotras tenemos más relación con el abismo, con el vacío, con la ausencia. Los hombres no saben mantener una conversación sobre la vida y, cuando lo hacen, hay siempre en sus palabras un punto de grosería, de vulgaridad, que a mí me produce un asco antiguo del que he intentado curarme inútilmente. Es curioso, porque luego los ves cuidar a sus hijas y con ellas sí desarrollan una cierta ternura, como si fueran sus novias ideales o algo así. Naturalmente, todo esto que digo es una generalización; hay hombres capaces de asomarse al abismo en cuyo borde vivimos las mujeres, pero a mí no me ha tocado ninguno y a estas alturas de la vida no es probable que se produzca una coincidencia de este género. En cualquier caso, no estoy dispuesta a vivir pendiente de un acontecimiento tan raro.

Por otra parte, mi relación con las mujeres tampoco ha sido fácil; despierto en ellas una rivalidad excesiva que cuando era más joven llegaba a complacerme, pero que ahora detesto. No tengo, pues, grandes amigas y desde luego ninguna con la que pudiera hacer un proyecto de vida común. Por eso, cuando mi segundo marido se marchó, comencé a acoplarme a la soledad con la idea de que en el futuro ya no sería una situación transitoria. En seguida adquirí hábitos de soltera, pequeñas costumbres con las que fui fortificando mi existencia hasta el punto de lograr un acuerdo con las paredes de mi casa, y con mis sábanas, que en términos generales funcionó muy bien hasta que conocí a Julia.

Entré en relación con ella en la barra de una cafetería donde ambas solíamos comer. El primer día que la vi, y que mi mirada coincidió con la suya, supe que algo de aquella mujer me concernía. Bastó que intercambiáramos tres frases para que se confirmara esta inquietante sensación que ya no dejaría de crecer en las semanas que siguieron al primer encuentro. Había comenzado el otoño y yo estaba aquejada de una melancolía vaga, pero persistente, que encontraba sentido y dirección en la compañía de Julia. Empecé a depender de ella, pero sin pagar el alto precio que conlleva depender de un hombre. Nunca me habría atrevido a decírselo, pero la percibía como una parte de mi ser que hubiera sido arrancada de mí en un tiempo remoto produciendo una sutil mutilación que encontraba al fin un dulce alivio.

Entre tanto, el otoño se deslizaba hacia el invierno y yo empezaba a contemplar la vida como un hogar en el que la tarde era la habitación más agradable. Llegué a perder el miedo a los domingos y recuperé el placer de pasear contemplándome a mí misma como un espectáculo, como una llama que habría de arder durante un tiempo finito, pero incierto. Los días de lluvia me refugiaba en una cafetería desde donde me gustaba ver a la gente cruzar la calle sorteando los coches y los charcos para llegar a ningún sitio, como en esos reportajes de la selva en que los animales haraganean de un lado a otro sin ningún objetivo visible, pero con movimientos precisos y admirables.

Julia empezó a venir a mi casa con alguna regularidad. Pasábamos las tardes charlando de cosas que no nos concernían de forma muy directa y evitando penetrar en temas personales, no por respeto a lo que se suele llamar intimidad, sino porque no parecía necesario hacer esta clase de exhibiciones. Entre tanto, la relación crecía de manera insensible tejiendo entre ella y yo un puente que parecía unir un mismo territorio circunstancialmente separado por alguna catástrofe.

Recuerdo que un día nevó y desde la ventana del salón vi a Julia bajarse del autobús y correr hacia mi portal. Venía con los pies empapados y hube de prestarle unos calcetines de lana y unas zapatillas que le encajaron perfectamente. Después preparé un té, y cuando ya empezaba a anochecer, con la excusa del frío, nos tomamos una copa de coñac cada una.

—¿Te quedarás a cenar? —pregunté.

—Si el tiempo sigue así —respondió con una sonrisa—, tendré que quedarme a dormir.

—Ya sabes que hay sitio —dije tratando de que no se trasluciera mi deseo.

Me pidió que le enseñara fotos y yo saqué varios álbumes que resumen mi vida. Para otras cosas no soy especialmente ordenada, pero con las fotos he llegado a tejer una suerte de manía destinada al futuro. Las tengo ordenadas por fechas y acontecimientos y en todas ellas hay un pie de dos o tres líneas que resumen el estado de ánimo bajo el que fui retratada. Nos sentamos a la mesa camilla que recientemente he colocado en el salón, frente a la ventana, y comenzamos a pasar las gruesas hojas del primer álbum mientras los copos de nieve caían perezosamente al otro lado del cristal aislándonos del mundo exterior, tan áspero. Creo que fue el coñac, al que no estoy habituada, lo que me incitó a hablar.

—Aquí estoy de primera comunión.

—¿Por qué estás tan seria?

—Mi madre me prohibió reír; me faltaban dos dientes.

—¿Y ésta? ¿Quién es ésta?

Se refería a una niña de mi edad que estaba a la derecha de la foto, de perfil, observándome con un distanciamiento irónico, como si censurara mi vestido o mi diadema o, en fin, mi actitud general frente al acontecimiento. Pero yo no sabía quién era esa niña, nunca lo supe, del mismo modo que tampoco he conseguido averiguar quién era esa otra niña (quizá la misma) que en una fotografía de grupo, en el colegio, me observa desde una esquina censurando la banda de honor que atraviesa mi pecho. Y en este punto fue cuando ya no me pude contener e hice mi primera confidencia.

—Mira —expliqué centrando mi mirada en el álbum—, esta niña está en todas partes; siempre es distinta, pero siempre me observa reprochándome algo, como burlándose de mi actitud.

En efecto, a lo largo de toda mi experiencia fotográfica, y coincidiendo siempre con los acontecimientos más importantes de mi vida, se puede observar a una niña que ha ido creciendo al mismo ritmo que yo y que me mira con impertinencia desde una esquina de las fotos. Lo descubrí hace poco, un sábado por la tarde que me dediqué a fechar los últimos álbumes. He preguntado a mi madre y a mis hermanos quién es esa mujer que aparece en la foto de mi primera y segunda boda, en la de mi primer viaje al extranjero, en la de mi cumpleaños, pero nadie ha sabido darme razón de ella. Sólo sé que me observa, a veces con afecto, pero casi siempre con cierta tristeza, como me contemplaría la parte más amarga de mí misma.

Y mientras le explicaba todo esto a Julia, procurando evitar sus ojos, su sonrisa, supe que esa mujer se encontraba ahora a mi lado, contemplando mi vida, mientras la nieve nos aislaba del mundo y sellaba un pacto secreto

que nos unía para siempre ahora que al fin nos encontrábamos fuera de un papel. El coñac calentaba mis venas
y en la casa de al lado sonaba la música de los cubiertos
puestos de mala gana para la cena familiar. Julia dijo que
se quedaría a dormir.

En fin.

## ELLA IMAGINABA HISTORIAS

*"Ella imaginaba historias" plays with the idea that the creation of the self is an imaginative process always in progress and that our life is formed not just by "stubborn" facts but also by the things we imagine or fantasize about.* Published in Millas's first volume of stories, Primavera de luto *this story is the source of the monologue in "Ella imagina," which appears in his second collection,* Ella imagina y otras obsesiones de Vicente Holgado. *In this respect, "Ella imaginaba historias" is interesting as an example of the way Millásian characters and themes are interconnected.*

Cuando tomé la decisión de ir al médico, estaba ya a punto de volverme loca. Llevaba tres años imaginando historias sin parar. El doctor parecía muy amable.

—¿En qué puedo ayudarle? —preguntó.

—Verá, doctor, desde hace tres o cuatro años no hago más que inventar historias todo el día. Tengo, desde pequeña, un temperamento nervioso y a los treinta años estuve en tratamiento; no padecí ninguna crisis especialmente grave, pero esto de las historias comienza a resultar angustioso.

—¿Qué quiere usted decir?

—Pues que me paso el día inventando historias que no son. Por ejemplo, ahora mismo, mientras esperaba en la antesala, imaginé que esta consulta era en realidad la oficina de personal de una empresa a la que había venido a solicitar trabajo.

—¿Qué sabe hacer usted?

—¿Lo ve? Ya ha entrado usted en mi historia. Es tan fácil dejarse llevar por un argumento... Por ejemplo, suena el timbre de la puerta y es mi marido que viene de trabajar. Pero yo imagino que es mi padre —en otra época de la vida, claro— y yo soy una niña. Y le atiendo como siempre que vuelve de la oficina, pero, sin que él se dé cuenta, ya me he convertido en su hija. Me siento a su lado, le cojo la mano y le pregunto qué ha hecho en todo el día. Lo peor es que no puedo parar de imaginar cosas; a veces estoy terminando una historia y tengo la impresión de que no se me va a ocurrir la siguiente y entonces se me pone aquí un nudo de angustia, porque temo que pase una catástrofe si dejo de inventar historias: que le ocurra algo a mi madre y cosas por el estilo. Pero cuando la angustia comienza a ser insoportable y estoy justo en el final de una historia, aparece un argumento nuevo y eso me da un respiro momentáneo.

—Creo que no puedo ayudarla —dijo el médico con un gesto extraño.

—¿Por qué, doctor? —pregunté yo intentando seducirle con una hábil sonrisa que utilizo para conseguir cosas.

—En realidad soy ginecólogo. Debería usted visitar a un psiquiatra.

—¿Y por qué no se imagina que es usted psiquiatra y que yo soy una paciente nueva, recomendada por otro psiquiatra de fama internacional?

El doctor carraspeó, cruzó las manos con impaciencia nerviosa y pareció dudar durante unos instantes.

—¿Qué le cuesta? —insistí yo ladeando cabeza para que parte de la melena me atravesara el rostro y dividiera en fragmentos la hábil sonrisa que ya mencioné antes.

Entonces me dio la impresión de que el médico padecía un ataque de miedo, la clase de miedo que nos invade cuando estamos a punto de tomar una decisión que podría cambiar totalmente nuestra vida. Comprendí que se me escapaba y, efectivamente, se incorporó, me invitó a salir y le dijo a la enfermera que me diera una tarjeta del doctor Gutiérrez.

—Es un buen psiquiatra —añadió—, vaya usted de mi parte.

Salí a la calle e imaginé que era una pobre chica que acababa de ser despedida de su trabajo y que estaba sola en aquella ciudad excesiva y dura. Me quedaba dinero para un mes de pensión y tendría que enviar algo a mi madre esa misma semana para que se arreglara la boca. Caminé a lo largo de la acera intentando no pensar, como a la espera de que un suceso exterior pusiera de nuevo en marcha el mecanismo de la dicha. Entonces pasé por delante de una tienda en la que había perfumes y bisutería. Entré a comprarme un perfume, sin dejar por eso de pensar en la historia de esta pobre mujer, y vi un collar bastante horrible que contrastaba con mi elegante atuendo. Lo compré y me lo puse para identificarme más con el personaje que deambulaba por la calle al borde de la desesperación. Compré también una pulsera de plástico, llena de colores peligrosos para la vista, y salí de la tienda a ver qué pasaba.

Entonces vi a un sujeto alto y delgado que se había agachado para atarse un zapato. Llevaba una corbata de colores tostados y ocres en la que se concentraba toda la finura del universo. Escuché la voz de mi padre, fallecido hace cinco años, que decía: «Ese hombre que se ata el zapato forma parte de tu destino».

Entonces comencé a seguir a aquel hombre, que tenía un punto de irreal porque carecía del aspecto menesteroso que tienen quienes han de ganarse la vida, aun cuando se la ganen bien, como mi marido. Imaginé que era un delincuente famoso, jefe de una red internacional de traficantes de armas y por cuya captura habían ofrecido una alta recompensa todos los países del mundo occidental.

Al poco, el hombre pareció darse cuenta de que le seguía y comenzó a detenerse frente a los escaparates para controlar mi actitud. Yo le sonreí hábilmente y ladeé la cabeza para producir con mi melena el efecto ya señalado. Conjeturé que si me ganaba su confianza podría averiguar fácilmente dónde se ocultaba. El hombre dudó unos instantes y, cuando estaba a punto de dirigirme la palabra, puso un gesto de miedo y siguió andando. Yo le seguí tres calles más y entonces me di cuenta de que estábamos muy cerca de la consulta del doctor Gutiérrez, el psiquiatra que me había recomendado el ginecólogo. De manera que imaginé que oía de nuevo en mi interior la voz de mi padre. Esta vez dijo: «Ese hombre que se ataba el zapato, y al que sigues, ya ha cumplido la parte de tu destino que se le había encomendado y que no era otra que atraerte a la consulta del doctor Gutiérrez».

Subí a la consulta y conseguí que el psiquiatra me recibiera a pesar de no haber pedido hora.

—¿En qué puedo ayudarle? —preguntó.

—Verá, doctor, llevo varios días con dolor de ovarios y, además, tengo los pechos como inflamados.

—Debería usted acudir al ginecólogo —dijo—. Yo soy psiquiatra.

—En el ginecólogo ya he estado y me ha enviado aquí. En realidad no me duelen los ovarios, pero qué le cuesta a usted imaginar que es ginecólogo y que yo soy un caso interesante.

—Pero a usted no le duelen los ovarios.

—Ni usted es ginecólogo, pero la cuestión es que podamos imaginar juntos una historia. Mientras esperaba en la antesala, por ejemplo, estuve imaginando que usted era un empresario importante y yo una pobre chica que venía a pedirle trabajo.

—¿Qué sabe usted hacer?

—¿Lo ve? Ya ha empezado a imaginar conmigo sin querer. Los ginecólogos y los psiquiatras, no sé por qué, siempre pican.

—¿Se burla usted de mí? —dijo desconcertado, sin dejar de mirar mi horrible collar y mi pulsera de plástico—. Mire, la he atendido porque creí que era un caso urgente, pero no tolero esta clase de escenas en mi consulta.

—Es que estoy muy nerviosa.

—Está bien, le daré unas pastillas y la enviaré a un ginecólogo de mi confianza.

—No quiero pastillas, quiero imaginar cosas. Además, no me duelen los ovarios.

— ¡Está usted loca! —dijo en un estallido de cólera.

—¡Imagínese! —respondí, y me marché a inventar historias a otro lado.

En fin.

# ELLA IMAGINA

*"Ella imagina," the first story in Millás's second collection, combines elements already present in "Trastornos de carácter" and "Ella imaginaba historias." Millás further develops Vicente Holgado's theory that all the armoires in the universe are connected. As the protagonist explains, the armoire is her way of going from reality to fantasy or of moving among several fantasies. Through the symbolism of the armoire, Millás establishes a relation between the unconscious and whatever has an inside and an outside. Physical spaces are always a metaphor for moral spaces in his stories. In "Ella imagina," the protagonist is obsessed with everything that has an inside and an outside, and the psychoanalytic interpretation of that obsession is found in the story itself: "una desviación de la curiosidad que tengo por mi propio cuerpo, que no me atrevo a manifestar directamente por pudor." The protagonist, like many of the characters who populate Millás's fiction, is familiar with the language of the unconscious (impulses, anxieties, desires) and uses it to explain herself and her obsessions. If memory, as Millás has suggested, is a cover-up, literature, like psychoanalysis, should break its rhythm and the predictability that social convention has imposed on it (Marco 26). An in-*

teresting aspect of the story is the protagonist's relation
to her father, against whose "Cartesian" mind she seems
to be rebelling.

*(Ella sale con cautela de un armario e inspecciona el espacio en el que se encuentra hasta reconocerlo. Se trata de una habitación de hotel fantástica. Estamos en el interior de una fantasía y todo debe colaborar a conseguir ese efecto.)*

Bueno, aquí está otra vez esta obsesión, pero parece una obsesión vacía porque no veo a Vicente en ella. Como no esté en el cuarto de baño... ¿Vicente? ¿Vicente? No hay nadie. Me quedaré un rato obsesionada, por si vuelve... Yo no sé por qué la gente tiene gatos pudiendo tener obsesiones. Las obsesiones hacen más compañía que los gatos, que desaparecen durante horas y luego, cuando se te ponen encima para que los acaricies, no sabe una dónde han estado ni de qué tienen manchadas las patas. Las obsesiones no pueden alejarse de los cuerpos porque viven de ellos, de su sangre. Y los cuerpos no pueden vivir sin esta tortura, aunque esto no sé por qué es. A veces parece más fácil dejar de fumar que dejar de sufrir. El caso es que la obsesión se acuesta a nuestro lado, se arregla el pelo al mismo tiempo que nosotras, nos acompaña a la cocina, al mercado, al dentista, al ginecólogo y al otorrinolaringólogo. Lo sé decir entero. Otorrinolaringólogo. Lamelibranquio. Puedo con todas, con todas las palabras. Anatomista, ventricular, saceliforme. Yo, si un día me despertara y se me hubieran ido las obsesiones, no me atrevería a salir fuera, aunque tampoco sabría qué hacer dentro. Dentro y fuera.

Por eso, en lugar de tener gatos, tengo obsesiones. Vicente Holgado consiguió despertar en mí la obsesión por las cosas que están dentro de algo: los huevos, por ejemplo, que están dentro de la cáscara o las sardinas en conserva, que están en el interior de una lata. Yo creo que esta obsesión, aunque la despertara Vicente, me viene de mi padre. Si cierro los ojos y recuerdo el comedor familiar, en seguida estalla en mi boca el sabor del pescado que mi padre nos hacía tragar a la fuerza. Para papá el pescado tenía propiedades mágicas, de otro modo no podía entenderse la pasión con que lo comía y lo hacía comer a los demás. Como toda pasión, carecía de lógica, pero él, que rendía culto a los argumentos —como Descartes, que se creía que las cosas sucedían unas después de otras—, él, digo, solía repetir para justificarla que dentro del pescado había mucho fósforo y que el fósforo era bueno para el cerebro, o sea, para la cabeza; de ahí, pensaba yo para darle la razón, que las cerillas tuvieran la cabeza de fósforo. Otras veces, si estaba más teórico o acababa de leer alguna revista de divulgación científica, añadía que el pescado procedía del mar y que el mar era el caldo primordial, el lugar del que había brotado la vida, la gran cazuela de la que procedíamos todos. Pero esa idea de la cazuela, en lugar de reconciliarme con el pez que tenía delante, me hacía comerlo con más asco, pues lo del caldo primordial me sonaba a potaje, a guiso marrón en el que flotaban cosas que una no sabía lo que eran. Yo, si el fósforo era tan necesario, habría preferido que me lo hubieran dado en pastillas, aunque mi hermano tenía un amigo que se llamaba Ferrero —la vida a veces hace estas gracias— que tenía problemas con la memoria y durante los exámenes le daban pastillas de esas de fósforo Ferrero que por lo visto también son afrodisíacas; el caso es que en lugar de aprobar se le levantaba la cosa más de lo corriente. Yo se la vi levantada un día, mientras se la enseñaba a escondidas a mi hermano, y me impresionó porque el extremo libre tenía el tamaño de la cabeza de un bebé, y como yo siempre he tenido una necesidad patológica de darle la razón a mi padre, deduje que efectivamente el fósforo era bueno para la cabeza, incluso para la cabeza de la polla. Qué barbaridad, en esta fantasía digo polla sin problemas.

Pero lo que más asco me daba de los peces era el soldadito de plomo, me acordaba del personaje del famoso cuento y era incapaz de comer, aunque tuviera hambre, porque imaginaba que iba a encontrar un militar con la pierna amputada dentro del pescado. A lo mejor no era porque le faltara una pierna, que también, sino porque venía de las alcantarillas, donde van los pelos de los que se quedan calvos mientras se duchan y todo lo demás. Así que el soldadito minusválido tendría el uniforme y la cabeza llenos de inmundicias que no podían darle buen sabor al pescado. Otra cosa que me pasaba con el solda-dito es que me parecía un mutilado loco que lo que en realidad llevaba al hombro a modo de fusil era la pierna amputada. Si a ello añadimos su procedencia inmunda, se comprende que lo que más asco me diera de los peces fuera el soldadito. Además, en el cuento en el que yo lo leí, la bailarina tenía cara de viciosa. En fin.

El caso es que en esta situación de conflicto con mis vísceras, mi padre, que se creía que Descartes era belga, para arreglarlo, se ponía a hablar del caldo primordial ase-gurando que en los huesos de los peces escribían mensajes nuestros antepasados. Y también eso era verdad, como lo de las relaciones entre la cabeza y el fósforo: cuando había besugo, que en aquellos años, no sé por qué, era un plato de pobres, mi padre le sacaba de esta zona donde a mí me salían los ganglios una espina plana que si la mirábamos al trasluz se veía la Virgen de los Desamparados, de la que en casa éramos devotos. La cuestión es que a la posibili-dad de encontrarme con un soldadito loco, amputado y sucio tenía que añadir también el terror supersticioso de morderle el cuello sin querer a una virgen. Por cierto, que mi madre tenía en su mesilla una virgen de plástico a la que le brillaba la cabeza en la oscuridad; se trataba, pues, de una virgen fosforescente y con ello volvía a demos-trarse que el fósforo era bueno también para las cabezas de las vírgenes. Mi padre puede reposar tranquilo en su tumba: sigo dándole la razón siempre que puedo.

La cosa es que gracias a los peces, o quizá por su culpa, aprendí las nociones de dentro y fuera. De adolescente, me gustaba dirigir mi rostro al sol al tiempo que abría y cerraba los ojos. Cuando los cerraba, me parecía que estaba dentro y abrirlos era como salir afuera. Dentro y fuera. De pequeña me infundían temor, o asco, las cosas que tenían dentro y fuera. Los peces tenía las dos cosas, y también las vacas que veía abiertas en canal cuando iba con mi madre al mercado. Y los huevos y las latas de mejillones y los armarios de tres cuerpos... Los armarios de tres cuerpos, en fin... Visto desde la distancia, o desde la memoria, que quizá no sea lo mismo, creo que lo que me preocupaba de las cosas que tenían dentro y fuera es que apareciera dentro algo distinto a lo esperábamos los de fuera. Por eso, cuando hacíamos tortillas para cenar, sufría mucho; siempre pensaba que podría salir del huevo algo aún más repugnante que lo que suelen tener dentro de la cáscara. Y en cuanto a las latas de mejillones, yo sé que normalmente tienen mejillones, pero nadie puede garantizarlo, nadie puede asegurar que un día, en lugar de los mejillones, aparezca una inmundicia peor, del mismo modo que dentro de los peces puede surgir un soldadito sin pierna, o con la pierna al hombro y la cara y el pelo lleno de las porquerías de las alcantarillas. Por eso, cada vez que veía a mi madre dispuesta a romper un huevo para la tortilla se me ponía el corazón en la garganta hasta que veía salir lo que habitualmente sale de los huevos y no una de esas cosas que mi imaginación anticipaba. Los huevos, por cierto, tienen más dentro que fuera y mi padre se comía todo el dentro sin llegar a ver lo que era, practicando un agujerito en cada extremo y aspirando con fuerza por uno de ellos. Una vez se lo vi hacer también a Vicente, sólo que mi padre lo hacía los domingos por la mañana y el día que lo hizo Vicente era miércoles. Qué obsesión ésta de la exactitud. Papá decía que los huevos eran las ostras de las granjas. Las ostras están compuestas de dentro y fuera —dentro y fuera— y, aunque con estos antecedentes no deberían gustarme, lo cierto es que me gustan, aunque se trata de un gusto que lleva incluido su porción de asco.

¿Y las cajas de zapatos? Ahí sí que cabe un mundo. Cuando era pequeña y me compraban zapatos, lo que de verdad me hacía ilusión era la caja. En ella guardaba mis tesoros, mis secretos. A veces les ponía un doble fondo para que tuvieran un compartimento secreto; otras veces les abría puertas y ventanas o hacía laberintos con tiras de cartón en su interior. Las cajas de zapatos sí que tienen dentro y fuera, casi tanto como los armarios de tres cuerpos. En el dormitorio de mis padres había uno de estos armarios que al abrirlos parecían tan oscuros como un pozo. Yo no sé a dónde conducía el interior de este armario, pero desde luego no se acababa allí. A veces, tiraba piedras dentro y acercaba el oído, pero nunca las oía caer de profunda que era aquella tiniebla. Yo soñaba que dentro del armario vivía un príncipe que se llamaba como mi padre, que un día, al ir a colgar una falda, me arrastraría a la oscuridad en la que reinaba. Cuando estaba enferma me dejaban pasar el día en la cama de mis padres, delante del armario. Un día encontré dentro del cuerpo central una caja de zapatos donde mamá guardaba fotos antiguas de ella misma y de mi padre y de parientes de los que había oído hablar que se habían extraviado o muerto. Y mezcladas con las fotos había cartas de estos parientes, de los extraviados y los muertos, y así yo, entre enfermedad y enfermedad, me fui enterando de la historia de la familia, que cabía entera en una caja de zapatos, que a su vez se guardaba dentro de un armario de tres cuerpos. Aún hoy, cuando quiero que una cosa no se me olvide, imagino que abro una de aquellas cajas de zapatos de mi infancia y que meto en ella lo que quiero recordar haciéndole un hueco entre mis obsesiones. Luego, no tengo más que cerrar los ojos, imaginar que abro la caja y allí está el recuerdo, intacto. El recuerdo dentro y yo fuera. Dentro y fuera.

A veces pienso si esta obsesión por las cajas, o por todo lo que tiene dentro y fuera, que tanta compañía, y quizá tanto daño me hace, es, como decía Vicente Holgado, una desviación de la curiosidad que tengo por mi propio cuerpo, que no me atrevo a manifestar directamente por pudor. De hecho, si tuviera que representar mi vida con algún objeto, lo haría con un conjunto de cajas: Nos hace-

mos en un estuche orgánico, en una caja que llamamos
útero; pasamos los primeros meses en cochecitos o cunas
que parecen cajas sin tapadera; cuando empezamos a andar, nos encierran los pies en unas cajitas que llamamos
zapatos; luego, lo que más nos gusta de ir al colegio es el
plumier, otra caja, a veces de dos pisos, como uno que
tenía la rica de mi clase, que se cerraba con una persia-
nita como la de los burós; más tarde vienen las cajas de
zapatos, en las que ya hemos visto que cabe un mundo;
y después la caja grande, el armario, cuya oscuridad carece de fondo; más tarde, el coche, que es una caja móvil,
otro estuche con el que vamos de acá para allá como la
yema dentro de la cáscara del huevo... Y, en fin, la caja de
ahorros y la de cerillas y la registradora y la fuerte y la
tonta y la de reclutamiento: todas conducen a la última
caja, el ataúd. O sea, que la vida es una sucesión de cajas que quizá, como decía Vicente Holgado, representan
al propio cuerpo; es más, algunas partes del cuerpo son
verdaderos estuches; de hecho, a esta zona la llaman los
médicos la caja craneal, y a esta otra la torácica, también
conocida como caja del cuerpo; y las encías son las cajas
de las muelas; y aquí, en el oído interno, hay una oquedad
que llaman caja del tambor. Además de eso, las mujeres
tenemos el estuche del útero y el vaginal, que siempre
que se llenan es para vaciarse.

*(Se dirige al borde del proscenio, como si allá hubiera un balcón
y mira hacia el cielo tras encender un cigarro imaginario.)*

Nada, ni una estrella. En esta fantasía hay cosas que domino y cosas que no. Puedo cambiar de sitio la lámpara, la mesilla de noche, incluso el armario, puedo hacer que haya champán sobre la mesa o una caja de bombones con una tarjeta del director, pero no consigo que sea de día, por ejemplo, o que el cielo esté estrellado. Tampoco sé en qué país imaginario está este hotel imaginario; cuando descuelgo el teléfono imaginario o pongo la televisión imaginaria, oigo un idioma imaginario que no entiendo. Quizá siempre es de noche porque se trata de un país obsesionado por la oscuridad, como los armarios. Pero a lo mejor es que, como se trata de una fantasía prestada, hay cosas que no puedo modificar porque su dueño, Vicente Holgado, no me lo permite. *(Ahora mira directamente hacia el público.)* ¿Y qué habrá ahí debajo? El hotel parece de lujo, sin embargo debe estar en una calle muy mal iluminada. Qué raro. *(Mira el cigarro imaginario, lo apaga con irritación en cualquier sitio, y lo tira.)* No consigo dejar de fumar ni en las fantasías, así tengo el cutis. *(Vuelve a mirar en dirección al público, como si intentara distinguir qué hay allá abajo.)* A mí me gustaría imaginar un río, un río por el que pasaran grandes barcazas con la cubierta llena de cajas de madera y muchos hombres moviéndose de aquí para allá con cuerdas, cubos y herramientas de todas clases. Pero por más que lo intento no consigo imaginar el rumor que producen los ríos ni el aire húmedo que se respira en sus cercanías... Oigo un rumor, sí, pero como de respiraciones lejanas y

algo apagadas; ocasionalmente, también escucho alguna
tos o algún carraspeo. Es algo un poco siniestro, y no es
que yo me esfuerce en imaginar cosas siniestras, sino que
en esta fantasía del hotel hay aspectos que se me impo-
nen, que están más allá de mi real gana.

*(Mientras dice las últimas palabras, siempre sin dejar de mi-
rar en dirección al público, sus ojos han ido acostumbrándose a la
oscuridad y da la impresión de que empieza a distinguir, con cre-
ciente alarma, lo que hay allá abajo.)*
Cabezas; Dios mío, parece un río de cabezas o un foso
lleno de cabezas con los ojos abiertos, como los peces en
el mercado. Un momento, cabezas con los ojos abiertos,
mirándome... *(Regresa al borde del proscenio y mira atentamente
en dirección al público.)* Cabezas que me miran respirando en
esta dirección. ¡Pero si esto no es un hotel, es un teatro!
*(Comienza a pasearse provocadoramente por el borde del escenario.)*
Qué le voy a hacer, siempre me ha gustado que me miren,
quizá por eso he imaginado aquí abajo un patio de butacas. Así, sin dejar de estar en el hotel de Vicente, estoy al
mismo tiempo dentro de la caja de un escenario; ustedes
están fuera. Dentro y fuera. Esto de imaginar que me miran es otra de mis obsesiones. Hasta cuando estoy en el
cuarto de baño fantaseo con que hay un ojo flotando por
el aire, alrededor de mí. Aunque también me gusta mirar,
no crean; de hecho, antes de venir a esta fantasía he estado
en otra en la que espiaba los ruidos de una pareja desde el
interior de un armario.

*(En este momento se escucha el pitido de una olla exprés o una cafetera, que procede del lado de la realidad. Ella pone cara de sorpresa al tiempo que exclama: «Dios, me he dejado una cosa en el fuego. Vuelvo en seguida». Se mete en el armario y desaparece. Al poco, el armario se abre con cautela y va apareciendo ella poco a poco. Debe transmitir la impresión de que no sabe a dónde sale, de ahí sus movimientos cautelosos. Finalmente, al no observar ningún peligro, saca todo el cuerpo e inspecciona el nuevo espacio.)*

Joder, qué pasillo tan largo. Anda, también digo joder: polla y joder. Pero esto no parece un dormitorio, no, esto debe ser un salón. Cuando viajas a través de las oquedades de la vida, te das cuenta de que la gente pone armarios en los lugares más absurdos. Una vez aparecí en un armario que estaba en medio de un jardín. Hay gente que no soporta un afuera tan grande como un jardín y tiene que equilibrarlo con el dentro de un armario. Dentro y fuera. *(Inspecciona un poco más —quizá enciende la luz— y va haciendo movimientos más sueltos.)* Bueno, aquí no hay nadie o están dormidos. *(Se dirige al proscenio y escudriña en dirección al público.)* Ustedes siguen ahí: es la ventaja de los patios de butacas, que son compatibles con cualquier escenario. En eso se parecen a los armarios, los encuentras en cualquier sitio. Me he ausentado para poner un poco de orden en la cocina. Entro y salgo siempre por un armario porque ése es mi modo de ir de la realidad a la fantasía. También los utilizo para moverme entre varias fantasías diferentes. Me lo enseñó Vicente Holgado y es muy sencillo: te tumbas en cualquier parte, cierras los ojos, te relajas y en seguida comienzas a imaginar que te incorporas y que te metes en el armario de tu dormitorio. Como todos los armarios del mundo se comunican entre sí a través de pasadizos secretos, en seguida apareces en un armario de una casa de Bruselas, por poner un ejemplo. Al principio no apareces donde tú quieres porque para eso hace falta mucha práctica, por eso también es un poco peligroso, pero con el tiempo vas pudiendo elegir los conductos que te llevan a un sitio o a otro. Yo estoy en la primera fase y no siempre aparezco donde quiero. Ahora mismo, por ejemplo, no tengo ni idea de dónde he podido ir a caer. Parece una casa así como de clase media europea. El sofá es horroroso, pero las mantelerías entre las que me he tenido que abrir paso en el armario parecían holandesas, o quizás belgas. A lo mejor resulta que estoy en Brujas o en Amberes. A Vicente Holgado le gustaba mucho Brujas, por el nombre. Y mi padre, ya digo, además de respetar mucho a los peces, adoraba Bélgica. Se creía que Descartes era belga, no sé por qué. *(Pone un gesto de duda y, finalmente, como si tomara una decisión, añade):* Bueno, les voy a decir la verdad: no es la primera vez que vengo a este piso, que no es un piso belga, qué tontería; como no puedo parar de inventar historias, a veces hasta salen a relucir los belgas, que no me deben nada, los pobres, bastante tienen con lo suyo, que no sé lo que tienen, porque yo, la verdad, no sé lo que es de unos y de otros.

Nunca he estado allí, en Bélgica, digo, pero mi padre admiraba mucho lo centroeuropeo —creía que Descartes era centroeuropeo— y a lo mejor es por eso por lo que coloco este piso en Bélgica, por mi padre, que aprendió francés para leer a Descartes, ya ven, le gustaban tanto los argumentos... Ahora que lo pienso, a mí también me gustan los argumentos, los de las novelas, lo que no deja de ser otro modo de darle la razón a mi padre. Lo que pasa es que este piso era el de mis padres, sí; en este salón es donde nos comíamos los pescados esos que amenazaban siempre con llevar dentro un militar inválido. Y ahí, en medio de esa mesa, se colocaban las soperas en las que bullía el caldo primordial. Qué asco. Y en este armario estaba la caja de zapatos donde hervía toda la historia familiar. *(Se acerca al armario y saca una caja de zapatos que muestra al público.)* Ahora no sé quién vive aquí, porque nosotros lo teníamos alquilado y además estoy hablando de cuando era pequeña. Desde que Vicente Holgado me enseñó a viajar a través de los armarios, he venido aquí cinco o seis veces, pero nunca me he atrevido a meterme por el pasillo. A veces he oído toses y maullidos como si viviera alguien que fuma mucho con un gato. Mi padre también fumaba, como yo. A mi madre, en cambio, le gustaban los encajes; a lo mejor también eso ha influido en que coloque el piso de mis padres en Bélgica: por un lado realizo la obsesión de mi padre, que era ser centroeuropeo y, por otro, acerco el universo de los encajes a mamá, porque ya digo que mamá adoraba los manteles y los visillos y las sábanas, pero, sin embargo, no tenía obsesiones. Prefería los gatos; de hecho, tenía uno que... *(Hace un gesto de duda y cambia de conversación, como si hubiera sucedido algo turbio con el gato de su madre.)* En fin. Lo curioso es que cuando aparezco en el hotel, que es el dominio de Vicente, me dedico a hablar de mi padre, mientras que cuando estoy en el territorio de mi padre, como ahora, lo que me apetece es hablar de Vicente Holgado. Tal vez los padres y los amantes se comunican entre sí, como los armarios, de manera que cuando te metes en el pecho del padre apareces en el del amante y cuando te hundes en los brazos del amante emerges misteriosamente en los del padre. El mundo es un portento, una pesadilla, en la que nada permanece quieto un solo instante. Tendemos a ver las cosas como si fueran sucesos acabados, fenómenos estáticos, pero todo, lo más insignificante que podamos imaginar, una piedra o un zapato, son acontecimientos, o sea, que están aconteciendo, sobreviniendo, sucediendo todo el rato. Piensen en sus zapatos, a los que seguramente no prestan ninguna atención: a lo mejor algo muy misterioso se está llevando a cabo en estos momentos en su interior y ustedes no se dan cuenta porque no se fijan. Quién sabe si los zapatos también se comunican entre sí, como los armarios, los amantes y los padres, y resulta que a lo mejor un dedo de su pie derecho está viajando ahora en dirección a otro zapato mientras que el de ese otro zapato se está metiendo en el suyo. Seguro que esta noche, al desnudarse, ni siquiera se daría usted cuenta de que le han cambiado un dedo. Sólo prestamos atención al centro de las cosas, o sea a lo de dentro más que a lo de afuera —dentro y fuera— cuando lo importante sucede siempre en la periferia, en los zapatos o en los armarios, por ejemplo. Y es una pena, porque nos perdemos lo mejor. Quién sabe si ese dedo con el que usted regresa a casa, sin darse cuenta de que no es suyo, es de alguien que amó en su juventud y a quien recuerda todavía en las tardes nostálgicas de la madurez. Es posible que quienes se aman por encima o por debajo del olvido intercambien dedos, o pies enteros incluso, a través de los zapatos. También los ojos viajan cuando los cerramos para que podamos ver cosas muy alejadas de nosotros, pero que nos conciernen. Yo misma tengo un ojo, éste, que es de Vicente Holgado, o eso decía él, el caso es que gracias a eso él ve lo que yo miro y de este modo, aunque no logremos encontrarnos permanecemos muy unidos.

De todos modos, la fantasía que más uso ahora es la de la habitación esa del hotel donde nos hemos visto antes, aunque tengo que confesarles que no es mía. Yo le he puesto algunos detalles, como las cortinas, o aquellas dos lámparas de mesa que daban una luz tan agradable; también me inventé lo del escenario porque no soporto que no me miren, pero lo esencial era de Vicente Holgado. Un día me confesó que todas las tardes, al salir de la oficina, se iba a su casa y tras comer cualquier cosa, dos yogures desnatados y un paquete de galletas, por ejemplo, se tumbaba en el sofá y cerraba los ojos para imaginar historias. Una noche, sin proponérselo, nada más bajar los párpados vio un ángulo de una habitación desconocida para él. A partir de entonces, esta visión empezó a repetirse cada vez que cerraba los ojos, pero sobre todo en la cama, antes de dormirse. Se familiarizó con aquel espacio hasta el punto de que llegó a constituir un lugar por el que se paseaba imaginariamente. En sus paseos por aquella habitación solía detenerse frente a la terraza y desde allí contemplaba un río ancho por el que pasaban enormes barcazas con sus cubiertas llenas de cajas de madera. Con el paso de los días, el ángulo fue creciendo y a partir de él se generó una habitación completa. Parecía una habitación de hotel: tenía una cama grande, con edredón, como si estuviera en un país muy frío, centroeuropeo, un armario empotrado y un mueble de uso indistinto, sobre el que había un televisor, además de la mesa redonda y las butacas que ya he mencionado.

Vicente Holgado se habituó a pasar allí las tardes. Después de comer, se tumbaba en el sofá de su casa, cerraba los ojos, y entraba en aquella habitación que tenía algo de útero materno por cuanto parecía cubrir todas sus necesidades. Al principio se limitaba a pasear o a contemplar el río, pero a medida que cogió confianza fue atreviéndose a hacer otras cosas, como usar el pequeño bar escondido bajo el televisor, bañarse en la lujosa bañera o conectar el interruptor de un servicio musical que sólo emitía música clásica. Un día encendió el televisor y salió algo que parecía un concurso, pero hablaban en un idioma que Vicente no supo identificar. A medida que pasaba el tiempo le costaba menos visualizar ese espacio, penetrar en él. Podía hacerlo desde cualquier sitio, desde el autobús, por ejemplo. Le bastaba con bajar los párpados para ingresar en aquella misteriosa habitación de hotel en la que se encontraba aislado y protegido de todo. Cogió la costumbre de llevarse un libro imaginario y leía imaginariamente un par de horas imaginarias antes de conectar la televisión imaginaria. Una vez se asomó al pasillo imaginario para ver cómo era y dice que me vio pasar con unas gafas oscuras. Yo no me di cuenta, aunque es verdad que por entonces también yo tenía una fantasía de hotel. A lo mejor éramos vecinos imaginarios sin saberlo. Lo curioso es que Vicente en su casa real no podía leer porque en seguida empezaba a pensar en alguna amenaza que le sacaba del texto: que se había olvidado de cerrar el gas y se estaba produciendo un escape, o que iba a sonar el teléfono para darle una mala noticia, o, no sé, que al meterse en la cama se encontraría con un gato muerto entre las sábanas. Tenía un temperamento un poco obsesivo, como mi padre, y no podía dejar de imaginar historias. En ese aspecto éramos iguales, porque yo tampoco puedo dejar de imaginar historias todo el rato; la diferencia es que él sólo imaginaba catástrofes, mientras que yo, por ejemplo, imagino que me dan el premio Nobel. Precisamente, tengo una fantasía, a la que voy mucho, en la que me han dado el Nobel de medicina por descubrir que la faringe y la vagina están hechas del mismo tejido, de ahí que haya vaginitis faríngeas y faringitis vaginales. Esto se explica también porque hay cosas que tiras en un sitio y aparecen en otro debido a que todos los agujeros del mundo, como hemos dicho, están comunicados entre sí. O sea, que del mismo modo que a lo mejor metes las medias en un cajón del armario y aparecen en el de la vecina, del mismo modo, digo, un virus que entra por el tracto respiratorio aparece después misteriosamente en el conducto vaginal. Entonces resulta que si una faringitis, por el mero hecho de aparecer en la vagina, recibe el tratamiento de una vaginitis, no se cura. Y eso es lo que en mi fantasía les pasaba a muchas pacientes hasta que descubrí que hay vaginitis que tiene que tratar el otorrino y faringitis que debe controlar el ginecólogo. Al principio es muy complicado porque, claro, no es nada fácil enseñar la vagina desde el sillón de un otorrino, ni la garganta desde el de un ginecólogo, pero por eso me dieron el Nobel, porque era una cosa muy difícil.

Al principio esto de imaginar historias todo el rato me parecía una enfermedad. Bueno, la verdad es que llegué a ir al médico y todo, porque estaba a punto de volverme loca. Llevaba tres años imaginando historias sin parar. El doctor me preguntó que en qué podía ayudarme y yo le expliqué que no hacía más que inventar historias todo el rato. Le dije que desde pequeña había tenido un temperamento nervioso, o eso es lo que decía mi madre, porque no me llevaba bien con su gato, y que a los treinta años estuve en tratamiento, aunque no llegué a padecer ninguna crisis especialmente grave, pero que la manía esta de imaginar historias empezaba a resultar angustiosa. «¿Qué quiere usted decir?», me preguntó. «Pues que me paso el día inventando cosas que no son —le dije—. Por ejemplo, ahora mismo, mientras esperaba en la antesala, imaginé que esta consulta era en realidad la oficina de personal de una empresa a la que había venido a solicitar trabajo». «¿Qué sabe hacer usted?», preguntó. «¿Lo ve? —le dije—. Ya ha entrado usted en mi historia. Es tan fácil dejarse llevar por un argumento...». El médico me miraba con cara de extrañeza y yo vi que quería hablar; entonces, añadí: «Lo malo es que ya no puedo parar de imaginar; a veces estoy terminando una historia y, si no se me ocurre en seguida la siguiente, se me pone aquí un nudo de angustia, porque tengo el temor supersticioso de que suceda una catástrofe si dejo de imaginar historias. Pero cuando la angustia comienza a resultar insoportable y estoy justo al final de una historia y el mundo se va a derrumbar porque no se me ocurre otra, aparece un argumento nuevo y eso me da un respiro momentáneo». Entonces, va el médico y me dice muy serio: «Creo que no puedo ayudarla».

«¿Por qué, doctor?», pregunté yo intentando seducirle con una hábil sonrisa que utilizo para conseguir cosas. «En realidad —dijo—, soy ginecólogo; debería visitar a un psiquiatra». Y yo: «¿Y por qué no se imagina que es usted psiquiatra y que yo soy una paciente nueva, recomendada por otro psiquiatra de fama internacional?». El doctor carraspeó, cruzó las manos con un gesto de impaciencia nerviosa y pareció dudar unos instantes. «¿Qué le cuesta?», añadí yo ladeando la cabeza para que parte de la melena me atravesara el rostro y dividiera en fragmentos la hábil sonrisa de seducir. Entonces me dio la impresión de que el médico padecía un ataque de miedo, la clase de miedo que nos invade cuando estamos a punto de tomar una decisión que podría cambiar nuestra vida. Comprendí que se me escapaba, y, efectivamente, en seguida se incorporó, me invitó a salir y le dijo a la enfermera que me diera una tarjeta del doctor Gutiérrez. «Es un buen psiquiatra —añadió—. Vaya usted de mi parte». Cogí un taxi y me fui a la consulta del psiquiatra consiguiendo que me recibiera, a pesar de no haber pedido hora. «¿En qué puedo ayudarla?» —preguntó. «Verá, doctor —dije—, llevo varios días con dolor de ovarios y además tengo los pechos inflamados». «Debería usted acudir al ginecólogo —dijo—, yo soy psiquiatra». «En el ginecólogo ya he estado y me ha enviado aquí —respondí—. En realidad, no me duelen los ovarios, pero qué le cuesta a usted imaginar que es ginecólogo y que yo soy un caso ovárico interesante». «Pero a usted no le duelen los ovarios»— dijo mirándome raro por encima de las gafas. «Ni usted es ginecólogo —respondí—, pero la cuestión es que podamos imaginar juntos una historia. Mientras esperaba en la antesala, por ejemplo, estuve imaginando que usted era un empresario importante y yo una pobre mujer que venía a pedirle trabajo». «¿Qué sabe hacer?» —preguntó automáticamente. «¿Lo ve? —dije—. Ya ha empezado a imaginar conmigo sin querer. Los ginecólogos y los psiquiatras, no sé por qué, siempre pican», «¿Se burla de mí? —preguntó desconcertado—; mire, la he atendido porque creí que era un caso urgente, pero no tolero esta clase de escenas en mi consulta». «Es que estoy muy nerviosa» —me disculpé. «Está bien —añadió—, le daré unas pastillas y la enviaré a un ginecólogo de mi confianza». «Pero si habíamos quedado en que no me dolían los ovarios» —dije. Entonces, se puso rojo de cólera y gritó: «¡Está usted loca!». «De acuerdo —respondí ilusionada—, vamos a imaginar entonces que usted es un psiquiatra de renombre».

Lo dejé tomándose tranquilizantes, imagínate, y me marché a imaginar más historias a la cafetería en la que solía encontrarme con Vicente Holgado, pero Vicente tampoco apareció ese día ni los siguientes. También he viajado varias veces a la fantasía del hotel, pero nunca coincidimos. Yo ya no sé si es que no va o que vamos a horas diferentes. A lo mejor resulta que cuando yo estoy dentro, él está fuera. Dentro y fuera. Lo peor sería que se hubiera extraviado por los armarios intentando hacer un viaje fuera de lo común. Hay veces que empiezas a caer de un armario en otro sin ningún control. O sea, que aunque quieras ir a un sitio no puedes porque no encuentras el conducto. La última vez, por ejemplo, quise volver al hotel y, ya ven, he aparecido caprichosamente en un piso de clase media belga que, como ya les he confesado es en realidad la casa donde viví de niña, y que no sé ahora quién la habitará, ni ganas. Vengo aquí porque este espacio constituye una obsesión y a mí me gusta visitar mis obsesiones. De todos modos, tampoco crean que me ha sido tan fácil llegar: he tenido que hacer transbordo en un armario así de pequeño que no sé lo que era, quizá el maletero de un taxi. Oía hablar a dos sujetos, uno de ellos entre hipidos de llanto, el taxista, quizá. Le contaba al otro que su mujer tenía desde hace meses unas visiones que estaban destruyendo su vida familiar. «¿Qué clase de visiones?», preguntaba el otro. El pobre hombre, el del llanto, explicaba entonces que un día, mientras preparaba una tortilla de patatas, su mujer escuchó ruidos en el interior de la nevera. Se acercó al frigorífico, lo abrió, y se le apareció dentro un ángel que le dijo que Gorbachov era el anticristo y que debía difundir ese mensaje por todo el mundo para que las almas piadosas no se dejaran engañar por la falsa conversión de Rusia. «Qué raro», escuché que decía el pasajero. «Eso es lo que digo yo —respondía el taxista—, que si los ángeles quisieran transmitir ese mensaje a la humanidad se aparecerían en una cueva, como en Lourdes, y no en la nevera de una mujer humilde. Pero ella sigue empeñada en que Gorbachov es el anticristo, y cuando no está en la nevera hablando con el ángel, está colgada al teléfono llamando a las emisoras de radio para difundir el dichoso mensaje. Lo que delata a Gorbachov es la mancha que tiene en la cabeza». El pasajero, que por lo visto era médico, le ofreció un valium para que se tranquilizara. Con lo aficionada que soy yo al valium, que no lo dan sin receta, y resulta que el tipo ese por llorar un poco... Cuando conseguí salir de allí, debía estar ganándose el segundo valium, porque había empezado a contar que, según su hija mayor, del interior del microondas salían voces que entonaban vivas a la clase obrera. La cuestión es que no consigo coincidir con Vicente dentro, pero tampoco fuera —dentro y fuera— y lo malo es que ahora ya no podría vivir sin él, como no podría vivir sin un armario. Yo, si fuera famosa y me preguntaran la tontería esa de qué me llevaría a una isla desierta, diría que un armario, aunque fuera empotrado. ¿Se imaginan un armario empotrado en una isla desierta? *(Se oyen ruidos procedentes del pasillo: una puerta al abrirse, un carraspeo, una tos de fumador, una cisterna, y el maullido de un gato. Ella se pone en tensión y baja la voz.)* Parece que se ha levantado alguien a beber agua, o a mear. También digo mear; qué bien: polla, joder y mear. Bueno, pues me marcho, porque no quiero que me pillen, pero también porque no me apetece saber quién vive aquí, no sea que hablen en francés y estemos de verdad en Bélgica. Intentaré regresar a la habitación de hotel, no sea que Vicente haya logrado volver y esté esperándome. *(Se mete en el armario y al poco vuelve a aparecer con los movimientos cautelosos de siempre. Lleva debajo del brazo la caja de zapatos, de la que no se desprenderá.)* Buf, qué frío, pero, bueno, si esto es un estercolero. La gente abandona los armarios en los sitios más inverosímiles. No crean que salgo aquí por gusto; he pasado por cuatro empotrados y uno de dos cuerpos, pero he tenido que continuar porque había gente en las habitaciones diciendo tonterías. Así que voy a descansar aquí un poco. Me siento en esta lavadora y ya está. *(Se asoma al tambor de la lavadora abandonada y saca un sujetador completamente nuevo. Le gusta y se lo pone sobre la ropa para ver si es de su tamaño. Después se lo guarda con gesto de satisfacción en la caja de zapatos.)* Es igual que el primero que tuve con encajes. Las lavadoras también se comunican entre sí. Por eso a veces cuando sacas la ropa para tenderla te han desaparecido unas bragas o unos calcetines. Siempre van a parar a otra lavadora, aunque esté inservible, como ésta. En eso también llevaba razón Vicente, ¿no? Las cosas se mueven por el mundo de un modo muy azaroso y unas bragas que hoy son mías mañana pueden ser de usted o de otra. No somos dueños de nada, ni de nuestras ideas. Vicente pensaba que las ideas tenían una autonomía semejante a la de los pájaros, que van de un sitio a otro sin pertenecer a ninguno. Por eso decimos con frecuencia «se me ha ido una idea», porque a veces se van a vivir dentro de otra cabeza. Dentro y fuera. O sea, que la cabeza es su medio ambiental como el aire o el agua son el medio de los pájaros y los peces. Pero no una cabeza en concreto, sino la cabeza en general. Por eso a veces decimos también «se me ha escapado una idea», como cuando se escapa un pájaro de la jaula. O sea, que las ideas viajan de una cabeza a otra como las bragas entre las lavadoras o los cuerpos entre los armarios. Mi padre me contó que antiguamente se creía que el universo tenía la forma de un cráneo; según eso, los pájaros serían sus ideas y nosotros, quizá, sus obsesiones. Pues bien, se equivocaba el universo y nos equivocamos nosotros. Ni los pájaros eran las ideas del mundo, ni nosotros los dueños de las ideas que vuelan por nuestra cabeza, ni de los virus que anidan en nuestra sangre. Y si nada tenemos que ver con los virus, mucho menos con las ideas, aunque también nos maten. *(Mirando hacia el suelo.)* ¿Qué es eso que brilla ahí? *(Lo coge.)* Anda, si es una navajita igual que una que tuve de pequeña. Me la trajo mi padre de Bélgica, aunque era Suiza. A lo mejor Suiza y Bélgica se comunican, como los armarios, y lo que se fabrica en un sitio cae en las tiendas del otro. Ahora todo lo que se fabrica en Taiwan cae en nuestros almacenes. Taiwan es un armario. *(Guarda la navajita en la caja de zapatos.)*

¿No ven lo que les decía de las ideas, que se van cuando ellas quieren? Se me había ido la idea que les quería contar sobre Vicente Holgado, pero parece que ya empieza a venirme. Sí, era eso, que Vicente parecía pertenecer al mundo de las fantasías, de los sueños, y éso es lo que me fascinaba de él. Ya el modo de conocernos fue muy raro. Estaba yo comiendo a toda prisa en la cafetería de unos grandes almacenes, porque me gusta imaginar que como en lugares públicos, cuando noté que alguien me observaba a dos o tres mesas de distancia. Como ése es mi sueño, que me observen, empecé a comer más despacio y con expresión absorta, para transmitir la impresión de que tenía mundo interior. El mundo interior se puede llevar dentro o fuera —dentro y fuera—; de hecho, hay muchas mujeres que llevan todo el mundo interior por afuera, pero a mí me gusta más la gente que lo lleva dentro, aunque sea menos espectacular. La cosa es que hice como que no veía al mirón, pero con disimulo iba poco a poco fijándome en su aspecto, y lo primero que advertí es que estaba tuerto. Les costará creerlo, pero no me decepcionó pese a que eso significaba que me miraban la mitad de los ojos que yo había previsto. No sé, es que tenía un aspecto muy irreal, como si me lo estuviera imaginando, porque no soporto comer sola sin que nadie me mire; por eso muchas veces, mientras devoro el sándwich, imagino que alguien me observa desde un rincón del comedor. Aquel día, precisamente, estaba imaginando que el que me miraba era mi padre, pero cuando levanté la vista resultó que era Vicente. El caso es que este Vicente que digo, el tuerto, porque mi padre también se llamaba así, parecía tener más atributos del mundo fantástico que del real, no sé, por el modo de vestir y por los gestos. Al poco, vi que se levantaba y que se dirigía a mi mesa... Bueno, pasándolo muy mal, porque se notaba que era muy tímido, preguntó si podía invitarme a un café. Yo le miré con cara de tener mucho mundo interior detrás de los ojos, pero sin decir nada, aunque, es verdad, con ese modo de no decir que otorga. Entonces, él se sentó a mi lado y estaba tan nervioso que empezó a hablar y hablar de cualquier cosa, como si tuviera miedo de que yo me fuera a desvanecer si se callaba. Y me contó que desde que me había visto en aquel restaurante iba todos los días con la esperanza de que también yo acudiera para poder mirarme, y que se conformaba con eso, con mirarme, aunque de repente había empezado a tener miedo de que yo dejara de ir porque ya no se imaginaba la vida sin mirarme. Cada vez que hablaba de mirarme, yo observaba su ojo tuerto y me lo imaginaba como una cajita vacía, una cajita donde, al no haber ojo, podían guardarse otras cosas: un valium, por ejemplo, o una aspirina. La verdad es que tenía el párpado cerrado con tanta gracia que parecía eso, un pastillero. Si hubiera párpados de plata, le habría regalado uno. El caso es que resultaba irónico que el único hombre que parecía dispuesto a convertir el objeto de su vida en la contemplación de mi persona sólo pudiera mirarme a medias. Yo iba aquel día con una camisa vaquera que me hace muy joven y me había arreglado al salir de casa más de lo normal, como si tuviera un presentimiento dentro, porque los presentimientos también se pueden tener fuera. Dentro y fuera. De hecho, por ejemplo, las facciones de Vicente Holgado dibujaban el territorio de un presentimiento.

Bueno, le dejé hablar y hablar sin inmutarme, o como si no hubiera reparado mucho en su presencia. Y cuando advertí que empezaba a flaquear me volví hacia él, dejando que me cayera el pelo así, por la mitad de la cara, y con una sonrisa cansada que también utilizo mucho para seducir le dije: «¿Pero no te has dado cuenta? ¿Es posible que no te hayas dado cuenta?» «¿De qué?», preguntó él con cara de susto. «De que estoy muerta; las otras veces que me has visto en este restaurante ya estaba muerta», respondí con naturalidad. Inexplicablemente, puso cara de alivio, como si hubiera temido algo peor, algo, en fin, que le impidiera mirarme. Yo hice un gesto, como indicando que nuestra relación era imposible debido a mi condición de cadáver, pero él no estaba dispuesto a aceptar que eso fuera un obstáculo. Entonces, tras dudar unos segundos, decidió mentir. Dijo: «Eso no importa, también yo estoy muerto». Parecía dispuesto a cualquier cosa con tal de no dejar de mirarme. Entonces yo cogí el tenedor y se lo clavé en el muslo. Dio un grito que hizo volverse a todos. «¿Ves como no estás muerto? —le dije—, a los muertos no les duelen estas cosas». Vicente tuvo que reconocer que estaba vivo para que yo no continuara haciendo demostraciones, pero seguía tan enamorado que no parecía dispuesto a renunciar. «A mí no me importa que estés muerta», dijo. «Ahora no —respondí—, pero llegarías a cansarte; tengo un olor muy especial, me han abandonado las pasiones y me muevo despacio porque ya no voy a ningún sitio». «Igual que yo —afirmó esperanzado—, también huelo raro y lo único que me gusta es estar tumbado en el sofá imaginando cosas o viendo películas de vídeo; mira, precisamente he alquilado varias para el fin de semana». «¿Qué es el fin de semana? —pregunté yo—; se me van olvidando las cosas: sé lo que es un fin y lo que es una semana, pero no me acuerdo de lo que significan las dos palabras juntas». Les aseguro que resultaba magnífico estar muerta y poder hablar así, como desde el otro lado de las cosas. Ahora que lo pienso, creo que siempre quise estar muerta y que lo único que me preocupaba de eso es que dejan de mirarte en seguida. «¿Dónde vives?», preguntó. «Da igual —dije—, como no ocupo ningún lugar en el espacio puedo quedarme donde quiera». «¿Y cuánto tiempo llevas muerta?» «Sé lo que es cuánto y lo que es tiempo, pero ya no recuerdo qué significa cuánto tiempo».

*(Empieza a hacer gestos, como si algo oliera mal. Se levanta y busca con expresión de asco el origen.)* A ustedes, como están fuera, no les llega el olor, pero aquí dentro —dentro y fuera— deben haber tirado algo que... Aquí está, es un gato muerto. Qué

asco. Se parece al de mamá, que en lugar de enterrarlo lo abandoné en un estercolero. A lo mejor los estercoleros también se comunican y lo que tiras en uno cae en otro. Ésta es otra de las ventajas que tienen las obsesiones frente a los gatos, que cuando se mueren no huelen tan mal, aunque descomponerse se descomponen lo mismo. Perdonen, voy a ver si consigo aparecer en un lugar más limpio. Si tardo un poco es que estoy intentando llegar al hotel por si ha vuelto Vicente. *(Se va y el escenario se oscurece. Cuando vuelve la luz, vemos un armario como los de los camarotes de los barcos abandonado en medio del océano. La puerta se abre y aparece ella asombrada por el espectáculo del mar y haciendo equilibrios para que esa especie de barca que es el armario no vuelque. El viento marino agita sus cabellos.)* Joder, a quién se le ocurre tirar al mar un armario. Es que viajando así te expones a cualquier cosa, aunque la verdad es que hace buen día y casi se agradece esta brisa. Esto debe ser el Mediterráneo. Qué bien refleja el mar nuestros estados de ánimo. Lo miras ahí fuera y te dice todo lo que llevas dentro. Dentro y fuera. A lo mejor, tenía razón mi padre y éste es el caldo primordial, la cazuela de donde hemos salido todos, por eso nos gusta tanto, porque al mirarlo sentimos que algo de lo que tiene él también es nuestro. O sea, que guarda en su interior una cosa que es nuestra y que, sin embargo, está fuera de nosotros. Por eso mismo es por lo que Vicente Holgado decía que estaba enamorado de mí, porque yo tenía algo suyo. Según él, el amor, lo mismo que el horror, sucede cuando vemos fuera lo que tenemos dentro. Dentro y fuera. Por eso nos gusta lo bello y nos atrae lo monstruoso, porque por dentro somos las dos cosas, aunque no todos los días ni en idénticas proporciones. Pues bien, Holgado decía que lo que yo tenía suyo era su ojo, el que a él le faltaba. No sé si ustedes podrán apreciarlo desde ahí, pero, si se fijan, yo tengo un ojo de cada color; se trata de una rareza que hace parecer que uno de ellos no es mío. Bueno, pues fíjense cómo contaba Holgado que yo me había hecho con su ojo: Según él, un día se despertó en el hotel de una ciudad donde había ido a imaginar algo, y en lugar de levantarse en seguida, como tenía por costumbre, se quedó en la cama imaginando cosas. Dice que estaba así, acostado de medio lado, de forma que tenía un ojo hundido entre los pliegues de la almohada, mientras que con el otro que sobresalía un poco, imaginaba que las suaves lomas formadas por la tela de la funda pertenecían a un paisaje desértico; al final de ese desierto estaba la mesilla, donde reposaba una novela junto al paquete de cigarrillos y el mechero. Estos pequeños volúmenes, más el del teléfono, parecían formar desde su perspectiva un núcleo urbano algo desordenado y de líneas cortantes, como los edificios de la ciudad en la que se encontraba. El mechero, de metal, reflejaba un punto de luz que evocaba la iluminación de una avenida. Desde la perspectiva de la almohada, y con un solo ojo en funcionamiento, los objetos de la mesilla parecían desmesurados. El mechero podría haber sido un rascacielos y el borde del libro una estación de tren.

Mientras jugaba con su ojo y con sus pensamientos, la claridad del día iba invadiendo el espacio con la lentitud, aunque con la firmeza, de una obsesión. La luz penetraba en forma de cuchillo por la abertura formada por las cortinas y se expandía, como el humo, al alcanzar el centro de su trayectoria. Entonces Vicente movió el ojo en círculo en el interior de su órbita y en seguida empezó a imaginar que ese ojo tenía la rara capacidad de salir de su cuenca y viajar por el aire. Cerró el párpado, para producir el punto de oscuridad adecuado, y se figuró que el ojo escapaba de su estuche y empezaba a moverse en un ámbito fantástico. Primero flotó hasta el techo de la habitación, desde donde le envió una visión de sí mismo con el perfil dirigido a la mesilla de noche. Después, el ojo flotante describió un par de círculos y, de súbito, atravesó el tabique como un cuerpo sutil penetrando en la habitación de al lado. La cama de esa habitación estaba deshecha y en el suelo había ropa interior de mujer. El ojo, naturalmente, no podía oír, pero Vicente Holgado dedujo por la información visual que le enviaba que la dueña de aquellas prendas debía estar en el baño. Ordenó al ojo dirigirse allí y vio bajo la ducha la silueta de una mujer con el cuerpo enjabonado. El vapor había empañado el espejo, pero a través del paño de vaho Vicente contempló el reflejo de su globo ocular suspendido en el aire como un cuerpo celeste en el espacio. La excitación que le había producido el cuerpo de la mujer fue inmediatamente anulada por el espectáculo del ojo fuera de la cuenca.

Ordenó al ojo regresar a la habitación, pero éste no le obedeció. Holgado, refugiado bajo la manta como un molusco bajo su concha, buscó argumentos tranquilizadores: en realidad, todo era un juego imaginario; bastaría con levantar el párpado para regresar a la normalidad. Sin embargo, no se atrevió a levantarlo por miedo a comprobar que aquel estuche, cuya tapa era el párpado, estuviera vacío.

Entre tanto, la mujer terminó de ducharse y salió de la bañera. Dice Vicente que tenía un cuerpo sólido y frágil a la vez, como el mío, que le recordó al de algunas estatuas, con un color más cercano al bronce que al mármol. El ojo, para tener una visión de conjunto, se había desplazado hacia la pared ocupada por la bañera; de este modo, veía de forma directa la espalda y el culo de la mujer —o sea, que también digo culo— mientras que a través del espejo contemplaba sus pechos y su vientre. Vicente comenzó a excitarse de nuevo hasta que reflexionó que la visión era demasiado real para tratarse de un producto imaginario. Veía realmente el cuerpo de aquella mujer que ahora se secaba el pelo con una toalla que ocultaba su rostro. Curiosamente, el rostro era la única zona que aún no había podido verle bien.

La mujer abandonó la toalla sobre la tapa del retrete y en un movimiento rápido, antes de que Vicente tuviera tiempo de verle los ojos, se puso unas gafas oscuras que había sobre la encimera del lavabo. Entonces Vicente recordó que el día anterior la había visto en el pasillo del hotel. Llevaba las mismas gafas de sol que ahora acababa de ponerse y con ellas parecía ocultar algo a sí misma y a los otros. Vicente pensó que quizá se había vuelto a adormecer y que posiblemente estaba soñando a partir de aquella imagen de la tarde anterior. Este pensamiento le tranquilizó y se encogió de gusto en el túnel formado por las sábanas. Y bien, el ojo daba vueltas alrededor de la mujer observándola desde todos los puntos de vista. Pero en una de estas evoluciones, cuando se acercaba a sus pechos, ella hizo así con la mano y lo atrapó con el movimiento rápido con el que se atrapa a una mosca en pleno vuelo. Entonces la mujer, que según Vicente Holgado era yo, se quitó las gafas, levantó el párpado derecho, tras el que no había nada, y se colocó el ojo recién cazado. Vicente comprendió que no había estado soñando y que, por lo tanto, una tuerta acababa de robarle el ojo. Se puso a llorar, pero, por lo visto, de detrás del párpado vacío, en lugar de lágrimas, salía un líquido espeso y amarillento, como el que se escapa por las grietas de algunas frutas demasiado maduras. Qué vida.

La cuestión es que se quedó tuerto, y que empezó a ver cosas que no miraba, porque su ojo, desde mi rostro, continuaba enviándole la información de cuanto percibía. Eso decía él, y también, que cuando ya se había acostumbrado a esta rareza de mirar por un solo ojo y ver por dos, se encontró de nuevo conmigo, esta vez en la cafetería de los grandes almacenes donde yo solía ir a comer un sándwich. Entonces, al mirarme —o quizá al mirarle yo, no me acuerdo—, se vio a sí mismo dentro de mí. Eso es lo que dijo, y aunque, como ven, se trataba de una historia muy rara para conquistar a una mujer, conmigo funcionó, quizá porque ya habían funcionado previamente historias como la del caldo primordial o la de un universo con forma de cráneo, por no recordar la relación entre el fósforo y las cabezas. Y creo que funcionó porque también yo sentía que algo de lo que a él le constituía era mío. No sé, quizá ese presentimiento que dibujaban sus facciones era más mío que suyo. Dije antes que tenía cara de presentimiento, pero quizá sea más exacto decir que su rostro era en sí mismo una obsesión, y ya les he explicado la compañía que me hacen a mí las obsesiones. Todo lo que toco lo convierto en obsesión. Mi marido, por ejemplo, que cuando nos conocimos no era más que un otorrinolaringólogo normal, ahora es ya una obsesión. Suelo decir la palabra entera porque fui la primera de mi generación en decir otorrinolaringólogo sin tropezar. Y es que de pequeña padecía mucho de la garganta y me pasaba media vida con mi padre en la consulta del otorrino enseñándole mis intimidades bucales. *(Refiriéndose al armario-barca.)* Me parece que esto se está moviendo mucho. Esperen, que cambio de postura. Así. Bueno, pues el

96

médico me miraba con una linternita redonda esas cosas blandas que tenemos por aquí y siempre decía lo mismo: «Cuando se haga mujer se le pasará». Yo no me lo creía, porque mi madre era una mujer deshecha, o sea, más que hecha, y padecía también del tracto respiratorio. Bueno, pues me hice mujer y como no se me pasó decidió arrancarme las anginas. Muerto el perro se acabó la rabia. Lo que pasa es que entonces dejé de padecer de las amígdalas, pero me entregué a las faringitis. O sea, que a lo mejor me casé con un otorrino por esa afición a que me tocaran las partes blandas con la punta de una linternita redonda. Aunque, claro, los tiempos de mi marido ya eran otros y en lugar de linternitas redondas se usaban unos aparatos que a mí ya no me decían nada, de manera que al poco de casarme perdí también el gusto por las faringitis, aunque entonces caí en una profunda depresión y empecé a imaginar cosas. Además, por aquella época fue cuando me dieron el Nobel de medicina por descubrir que algunas faringitis hay que tratarlas como vaginitis porque en realidad eran vaginitis disfrazadas y a lo mejor me curé por eso, porque me puse en la garganta unos remedios que me habían recetado para la vagina: lo que es bueno para la vagina, en general, también es bueno para la garganta. Aunque también debió influir, como digo, el hecho de que por entonces los otorrinos se hubieran colocado la lucecita en la frente, como los mineros, en lugar de llevarla en la mano, como los ladrones.

Los mineros se pasan la mitad de la vida dentro y la mitad fuera. Dentro y fuera. El caso es que entonces fue cuando conocí a Vicente y me di cuenta de que las cosas que decía eran más mías que suyas, del mismo modo que mi ojo era más suyo que mío. Porque a lo mejor, no sé, yo no había pensado las cosas como él, pero las había vivido, y vivir las cosas es también un modo de pensarlas.

Yo, por ejemplo, sabía perfectamente, antes de conocerle, la diferencia entre dentro y fuera, porque mi madre siempre rellenaba los pescados con algo, como si no tuvieran bastante con el soldadito de plomo. A veces, les ponía aceitunas; las aceitunas llevan los huesos dentro, como nosotros. Hay cosas que llevan el esqueleto dentro y cosas que llevan el esqueleto fuera. Dentro y fuera. Las tortugas, por ejemplo, lo llevan por fuera, igual que los centollos o los escarabajos. O sea, que el esqueleto, a estos animales, les sirve para proteger la carne, mientras que en nuestro caso es la carne la que protege al esqueleto. Esto no sé por qué es, ni me importa; lo que me llama la atención es que otros lleven fuera lo que yo llevo dentro, como la vida interior o la conciencia. Ahora que lo pienso, creo que Vicente Holgado llevaba la vida interior por fuera. Le mirabas a la cara y le veías de golpe toda la vida interior que yo llevaba dentro. Pero lo definitivo fue que me empezara a hablar de las cajas, que era una de mis obsesiones. A todo lo que decía sobre las cajas le daba la razón, que es otra de mis obsesiones, la de dar la razón. A mi padre le di la razón toda la vida. Yo creo que de tanto dar la razón a mi padre me quedé sin ella y por eso a veces me cuesta seguir el hilo de las cosas o prestar la debida atención a las cuestiones prácticas. *(Se oye el ruido de la olla exprés, y ella pone un gesto de fastidio en el que se advierte también la decisión de no acudir en ese momento a la demanda de la realidad.)* Decía que yo no he oído hablar de las cajas a nadie con la exactitud con la que lo hacía Vicente Holgado. Pero, claro, el delirio fue cuando comenzó a hablar de los armarios y me dijo que había descubierto el modo de viajar por ellos a través del universo mundo. O sea, que, según él, si te metías en un armario y tenías la suerte de dar con ese conducto secreto, podías aparecer en cuestión de segundos en un armario de la China, por ejemplo. O en un armario abandonado en medio del océano, sin ir más lejos. *(Se asoma al borde como si algo le llamara la atención; mete la mano en el agua y saca un pez.)* Anda, coño. Qué bien, también digo cono: o sea, polla, mear, joder, culo y ahora coño. Pues, coño, está muerto, como el gato del estercolero, pero éste aun no huele mal. Todavía. *(Lo observa detenidamente, con un gesto entre divertido y asombrado.)* No se lo van a creer, pero este pez tiene la misma expresión que mi padre. ¿No ven este perfil puntiagudo, como de alguien que quiere estar siempre un poco más allá de donde está? ¿Y esta mirada pequeña, pero inteligente, que mira afuera, pero desde dentro —dentro y fuera—? Así era mi padre. A lo mejor es que después de

99

muerto ha regresado al caldo primordial y anda metiéndose dentro de los peces porque está fuera de sí. *(Se agacha buscando algo dentro del armario y finalmente saca la navaja suiza que le trajeron de Bélgica.)* En cualquier caso, aprovecharemos este hallazgo para demostrar que los peces tienen dentro y fuera e incluso, a veces, más dentro que fuera. *(Le abre el vientre y encuentra en su interior algo que la espanta. Lo saca, mostrándolo con asco y resulta ser el soldadito de plomo.)* Aquí está. Lo decía no sé quién: si algo malo puede pasar, pasa. Toda mi vida evitando comer pescado por esto, y me lo voy a encontrar la única vez que abro a uno de estos animales por diversión. *(Se fija más en él, como si estuviera descubriendo otra novedad.)* Además —van a pensar ustedes que no digo más que tonterías— es que este soldadito tiene la misma cara que Vicente Holgado, de verdad. Y le falta un ojo, como a él, en lugar de la pierna. O sea, que mi padre tenía a Vicente dentro de él. No, si ya decía yo que los amantes y los padres se comunican a través de galerías secretas. Vaya, ahora empieza a llover, menuda tormenta. *(Mete el pez en la caja de zapatos y, en esto, el mar se agita, el armario se bambolea y ella se cae al fondo desapareciendo. Las luces se apagan y al encenderse de nuevo, aparece otra vez el piso belga, o sea, su casa de la infancia. Ella sale del armario con la caja de zapatos.)* Vaya, otra vez aquí... Pero si adonde yo quería ir es al hotel, no vaya a ser que vuelva Vicente y no me encuentre. *(Deja la caja sobre la mesa y va sacando poco a poco las cosas de su interior.)* Es curioso, toda la vida defendiéndome con las fantasías de dentro de la hostilidad de afuera —dentro y fuera— y ahora resulta que también las fantasías tienen una lógica que reproduce la lógica de la existencia. Vean, si no: tanto tiempo huyendo de mí misma en dirección a Holgado y, de súbito, aquí estoy otra vez, en el piso de mi infancia, con la caja de zapatos donde está contenida toda la historia familiar, un pez que en realidad es mi padre y un soldadito tuerto idéntico a Vicente que además vivía dentro de papá. Quizá yo sea la bailarina de esta historia, aunque creo que no tengo cara de viciosa. *(En esto, se oye al fondo una voz masculina que pregunta en francés: «Marie, oú est la fenêtre?». Ella se esconde un poco hasta que considera que ha pasado el peligro y continúa hablando, aunque en voz más baja):* Dónde está la ventana, pregunta dónde está la ventana. O sea, que además de hablar en francés hace una pregunta que soló se le ocurriría a mi padre, porque papá sabía localizar muy bien las cosas que estaban dentro o que estaban fuera —dentro y fuera—, pero enloquecía, como yo, frente a lo fronterizo, frente a lo que no está ni dentro ni fuera —dentro y fuera—, como las ventanas. De pequeña tiraba cosas por la ventana, no por maldad, sino por averiguar si caían dentro de la calle o fuera de la casa —dentro y fuera—; el gato cayó fuera y se mató. Las obsesiones no se matan y hacen más compañía. Pobre papá. *(Se oyen pasos en dirección al salón y ella huye y se mete en el armario olvidando la caja de zapatos y sus contenidos. Al poco, asoma la cabeza con precaución para ver si ha pasado el peligro, pero resulta que ya no está en el piso belga, sino en la habitación del hotel.)* ¡No es posible! ¡El hotel! Al fin, qué bien. Por fin he conseguido dar con el hotel. Dios mío, ¿habrá vuelto Vicente? ¿Habrá logrado dar con el túnel que conduce a esta habitación imaginaria? *(Mira hacia el cuarto de baño y grita):* ¡Vicente! ¡Vicente! ¡Vicente, sal! Por favor... No ha regresado, quizá no vuelva nunca, y, si no vuelve, qué va a ser de mí, de nosotros. *(Hace el gesto del que ha perdido algo.)* Ademas, creo que con las prisas he olvidado en Bélgica la caja de zapatos y el pez y el soldadito y mi primer sujetador y las fotos de los parientes, ¿recuerdan?, los que se extraviaron o murieron. He olvidado, en fin, mi vida en ese piso y no he obtenido nada a cambio. Podría intentar volver, pero a lo mejor salgo en otro sitio y me paso la vida dando vueltas. No, me quedaré aquí hasta que él regrese o hasta que yo logre averiguar quién soy. A lo mejor, sin necesidad de moverme tanto empiezan a salirme bien las cosas; las cosas salen por casualidad, como el dinero de los cajeros automáticos, porque eso no hay quien se lo crea, lo de los cajeros. Además, el hotel es muy cómodo, aunque esté en el extranjero. De todos modos nunca sabes cuándo estás en uno u otro sitio. Mi piso de la infancia estaba en Bélgica y no lo he sabido hasta muy mayor. Es lo que quería decir, que aunque el extranjero está por lo general fuera, a veces lo llevamos dentro. Dentro y fuera. Por cierto, que me pregunto ahora si no sería en este hotel donde le robé el ojo a Vicente, quizá sí, no sé. Pero a lo que iba, que, si no, me pierdo entre las frases como entre los armarios y no salgo, o no entro, lo que sea: les estaba diciendo que cuando Vicente comenzó a hablarme de las cajas y de los armarios le comprendí muy bien, porque yo no había hecho otra cosa a lo largo de mi vida que viajar por oquedades que me llevaban de dentro a afuera de las cosas; de manera que unas veces he sido funda y otras forro; armario y prenda, superficie y entraña: dentro y fuera, en fin; lo que no he conseguido es ser las dos cosas a la vez, como las ventanas y creo que lo que me gustaba de Vicente es que miraba la vida a través de mí, que para eso es para lo que sirven las ventanas, para mirar la vida. Y también me gustaba porque aunque venía de dentro —de dentro del pez, ya lo hemos visto— estaba fuera, como las obsesiones, que aunque pertenecen a la caja craneal pueden amueblar el dormitorio o adornar la cocina, mi cocina está llena de obsesiones. Pero tampoco es eso lo que quería decir, es que me pierdo. En cualquier caso creo que la cuestión es que ahora, que tengo un ojo de Vicente, puedo al fin ver cosas que no miro. Y eso es lo que me ha quedado de él, su mirada, que, como ya he dicho, es en realidad la mía. Me ha quedado eso y esta habitación de hotel, que era una fantasía suya a la que yo le he puesto algunos detalles, además de añadirle el patio de butacas y las cabezas con los ojos abiertos que me miran. O sea, que yo le he puesto la caja, la obsesión, porque si eso es un patio de butacas, esto es lo que los actores llaman la caja del escenario. Y desde esta caja quisiera rogarles que esta noche, al llegar a su casa, miren bien dentro del armario de su cuarto, y si encuentran en su interior a un sujeto tuerto, delgado, que lleva dibujado en el rostro un presentimiento, no dejen de avisarme porque ese presentimiento es mío.

Ya sé que si dejo de imaginar y de contar historias puede suceder una catástrofe, ya lo sé, ni me lo recuerden, pero como me he encontrado al gato en el estercolero y al soldadito y a mi padre en el caldo primordial, a lo mejor no vuelve a pasarme nada durante un tiempo aunque deje de imaginar un rato. Podríamos decir que las desgracias alivian porque cuando suceden dejan de importarnos. En ese sentido, quizá sea mejor que lo haya olvidado todo en Bélgica, porque eso me hace más libre para salir de mí o para entrar, quién sabe. *(Se escucha el sonido de una olla exprés o de una cafetera y ella pone cara de tener que volver a la realidad.)* Aunque ahora, si he de decirles la verdad, lo que más miedo me produce de dejar de imaginar historias es que se cierre el telón, que es la tapadera de esta caja, y ustedes se queden fuera y yo dentro. Dentro y fuera. *(Telón.)*

# EL NO SABÍA QUIÉN ERA

*"El no sabía quién era" follows Vicente Holgado as he moves to the big city. The city in this case is Madrid but, as suggested in the story, it might as well be Paris or Copenhagen since, as another of Millás's characters affirms in* Volver a casa, *"las ciudades, como los cuerpos, poseen una identidad precaria" (22). Vicente's lack of a sense of identity seems to be a common problem in contemporary society, as Julia Kristeva suggests: "Living in a piecemeal and accelerated space and time, [the individual] often has trouble acknowledging his own physiognomy; left without a sexual, subjective, or moral identity, this amphibian is a being of boundaries, a borderline, or a 'false self'—a body that acts, often without even the joys of such performative drunkenness" (7–8). The story also presents a humorous commentary on the proliferation of sects, cults, and therapy groups that, in our society, seem to offer people a sense of belonging.*

Cuando Vicente Holgado llegó a Madrid, alquiló un apartamento céntrico y estuvo varios días viendo la televisión y tomando yogures de fresa que compraba en la tienda de la esquina. Le tentaba recorrer las calles al azar, pero tenía miedo de no saber volver o de equivocarse de edificio o de piso y que le detuvieran metiendo la llave en una vivienda que no fuera la suya. Había oído decir que en Madrid, como en todas las grandes ciudades, le atracaban a uno con cierta frecuencia, pero eso no le preocupaba, pues confiaba mucho en sus dotes de persuasión. Tenía, de hecho, preparados varios discursos para el caso de sufrir un percance de este tipo, y estaba seguro de que con cualquiera de ellos convencería al atracador de que buscara otra víctima.

Finalmente, después de haber soportado quince días de encierro en los que se aprendió de memoria el nombre de todas las calles que se trenzaban con la suya, decidió aventurarse más allá de la tienda donde compraba los yogures. Al principio tuvo la impresión de que la gente le miraba, pero después de haber andado media hora se olvidó de las personas y consiguió disfrutar de los edificios. Entró en dos bancos y pidió información para abrir una cuenta corriente reproduciendo las frases y los gestos que había visto en las películas. La cosa fue bien; le entendieron perfectamente y le dieron folletos donde se explicaban las ventajas de las diversas modalidades existentes. También entró en una cafetería, donde pidió un plato combinado, tal como había visto hacer a un personaje en un documental de televisión. La combinación del plato resultó decepcionante, pero Vicente Holgado quedó satisfecho del grado de comunicación alcanzado con el camarero, que le trató con la naturalidad con la que seguramente trataba a sus clientes habituales.

Vicente Holgado se fue creciendo con estas experiencias y continuó andando al azar haciendo consideraciones sobre el alcantarillado y los semáforos. Se le ocurrió que si las calles tuvieran techo resultarían más íntimas, más familiares y no sería preciso el uso del paraguas cada vez que lloviera. Cuando conociera el nombre del alcalde, le escribiría para poner a su disposición esta idea que habría de convertir a la ciudad en una casa grande, donde las calles, en lugar de calles, serían pasillos y las casas, en lugar de casas, habitaciones de una gran mansión llamada Madrid.

Se detuvo para leer un cartel en el que se anunciaba una conferencia con entrada libre. Vicente consultó su mapa y comprobó que el lugar donde se iba a pronunciar estaba allí al lado, de manera que decidió acercarse con la idea de ir haciendo algunos contactos. Cuando llegó, la conferencia principal había terminado, pero ahora subían a la tarima algunos espectadores que contaban al público lo que parecían ser algunas experiencias personales de signo muy variado. Un hombre contó que su relación con el alcohol le había llevado a destruir todo cuanto en él había de bueno: su familia, su trabajo, sus relaciones personales, su hígado y una cantidad, que no especificó, de neuronas que ahora echaba en falta debido a que era contable, actividad en la que, por lo visto, todas las neuronas son pocas. Afortunadamente, afirmó, cuando ya se encontraba al borde del precipicio había entrado en contacto con el Grupo y a partir de entonces su vida —ya que no su hígado ni sus neuronas— se iba recomponiendo poco a poco. Luego salió una mujer muy delgada y con el pelo rubio que contó una experiencia curiosa. Dijo que un día estaba viendo una película de cárceles por la televisión, cuando en un momento dado las rejas de una celda se cerraron ocupando toda la pantalla. Entonces tuvo la impresión de que quien se había quedado encerrada era ella. Eso le produjo un ataque de angustia tremendo. Al parecer, según contaba, empezó a decirse a sí misma que podía moverse por toda la casa y que podía incluso salir a la calle, lo que demostraba que en realidad no estaba encerrada. Sin embargo, sus sentimientos no conectaban con sus ideas, como si entre ambas cosas se hubiera abierto una brecha, de manera que no podía dejar de sentir que la libertad estaba al otro lado de la pantalla. Entonces se bebió dos whiskys para relajarse un poco, pero el alcohol acentuó la angustia y al final salió corriendo a la calle gritando a todo el mundo que estaban encerrados, que la libertad estaba al otro lado de las pantallas de los televisores. Afortunadamente, añadió, en este deambular enloquecido por las calles se encontró con un miembro del Grupo que con enorme paciencia le explicó que detrás del televisor no había nada, que en uno de esos aparatos, por grande que fuera, ni siquiera cabía un ser humano. En definitiva, que el Grupo la había salvado de caer en las garras de la locura y que ahora estaba llena de buenos sentimientos hacia sí misma y hacia los otros. A continuación intervino el que parecía ejercer las funciones de moderador y explicó que lo que le había pasado a esa mujer es que había perdido las nociones de dentro y fuera, de manera que creía que estar fuera consistía en estar dentro y viceversa. De ahí que padeciera claustrofobia cuando en realidad debía haber padecido agorafobia. Por lo visto, según afirmó el moderador, quienes padecían de una cosa cuando en realidad debían padecer de otra estaban expuestos a grandes peligros, pues al no distinguir entre interior y exterior podían convertir una úlcera de colon en un infarto ocular y quedarse ciegos. A continuación explicó las diferencias entre el esqueleto interno y el esqueleto externo alcanzando algunas conclusiones que Vicente Holgado no llegó a entender.

Seguidamente, el moderador invitó a que subiera a la tarima otro de los asistentes para contar su propia historia. Esta vez no se movió nadie y durante unos segundos se palpó en el ambiente un clima de incomodidad, de desasosiego, que Vicente no pudo soportar. De manera que se levantó y subió al estrado. Cuando miró de frente al público y vio todos aquellos ojos pendientes de él, sintió que su destino se estaba cumpliendo. Entonces habló y dijo que se había visto varias veces a sí mismo deambulando por una ciudad grande y desconocida. Explicó que estas visiones solían producirse cuando estaba solo en casa y con los ojos entornados, preferentemente recostado sobre una butaca. Se veía caminar por calles sin tejado con un abrigo azul de anchas solapas y unos días con bigote y otros días sin él. Lo que le llamaba la atención, explicó, es que aunque sabía que el sujeto de la visión era él, ignoraba a qué se dedicaba. No sabía si era ingeniero, orador o perito agrícola, por citar sólo tres profesiones; lo único que sabía es que era él, que tenía un abrigao azul, y que se dirigía a algún sitio con los movimientos firmes de una máquina. A veces, hacía viento y se despeinaba, pero él continuaba andando con la mirada puesta en algún sitio que no llegaba a salir en la visión; otras veces llovía y se mojaba, pero tampoco la lluvia parecía afectar a su mirada; había ocasiones en la que no hacía viento ni llovía, pero entonces nevaba y sobre sus hombros se iban depositando los copos con la naturalidad con la que se deposita la nieve sobre las irregularidades de una estatua. Pero tampoco eso afectaba a la maquinaria que regulaba su poderoso caminar. Vicente Holgado dudó si seguir añadiendo inclemencias atmosféricas a la visión, pues observó que el público estaba encandilado. Decidió que no, que lo bueno, si breve, etcétera. Además, introducir ciclones y huracanes habría afectado seguramente a la verosimilitud del relato. Prefirió insistir en el problema de la identidad. La cuestión, dijo, es que aun sabiendo que ese hombre soy yo, no sé quién soy a ciencia cierta. Dios mío, no sé quién soy ni a donde me dirijo. Es verdad que a lo mejor voy a trabajar o a poner un telegrama, pero también puedo ir a cometer un crimen o a perpetrar un adulterio. He intentado seguir a ese sujeto que soy yo por el interior de la visión, pero cuando llega a una esquina se detiene, mira en torno y la visión se esfuma para dar paso a otra visión que es el anuncio de un detergente.

El dramatismo de las últimas frases parecía haber sobrecogido al público, de manera que Vicente Holgado se sintió dueño de la situación. Recordó que los participantes anteriores habían hecho alusión al alcohol y al Grupo, por lo que decidió cerrar su intervención del mismo modo. Entonces, añadió, me levanto de la butaca y sin dejar de ver el anuncio superpuesto sobre los muebles de mi casa, me dirijo a la cocina y me tomo una copita de anís El Mono; en ese momento, finaliza el anuncio y lo que veo a continuación es un grupo de personas como éste que tiene la amabilidad de escucharme.

Intervino a continuación el moderador, que parecía algo desconcertado, y explicó que el sentimiento de robotización solía darse en bebedores de anís y en consumidores de marihuana. El percibirse a sí mismo como un robot, añadió, es característico de sujetos cuya capacidad de sufrimiento había sido desbordada por algún hecho atroz. Por eso en la visión de Holgado no había ninguna inclemencia atmosférica capaz de alterar los movimientos del sujeto visionado, porque era un robot

111

y no un ser humano. A Vicente le pareció muy interesante la interpretación del moderador, aunque él no era bebedor de anís, ni consumidor de marihuana, ni recordaba haber padecido un hecho atroz a lo largo de su existencia.

La sesión terminó y los participantes fueron saliendo en grupos a la calle. Una mujer de mediana edad se acercó a Vicente y le cogió del brazo caminando en su misma dirección.

—¿Es la primera vez que vienes? —preguntó.

—Sí, pero me ha gustado mucho y voy a venir más veces. ¿Estas cosas las organiza el alcalde?

—No, no, esto es una sociedad privada, una secta llamada Grupo. Yo no creo en ella, pero ellos creen que sí y así tengo donde ir algunas tardes. Soy miembro asociado; o sea, que estoy dentro y fuera al mismo tiempo, porque lo que no soporto es que me manden a vender pañuelos de papel a un semáforo, que es lo que hacen con los integrados. Tampoco soy alcohólica, pero hago como que sí, porque lo que más les gusta es rehabilitar.

—¿Rehabilitar edificios? —preguntó Holgado, que había leído antes de llegar a Madrid unos folletos del Ayuntamiento donde se hablaba de la recuperación del casco antiguo.

—No, hombre, rehabilitación quiere decir que si tú, por ejemplo, eres borracho, entras en el Grupo y dejas de serlo.

—¿Para qué?

—Pues eso, para hacer otras cosas, no vamos a estar todo el día viendo la tele o cuidando niños. Cuando ya eres una cosa, lo normal es que quieras convertirte en otra. Por cierto, que me ha gustado mucho tu visión porque yo, a veces, cuando me meto en la cama y cierro los ojos, veo a un hombre como el que has descrito. Y es verdad que no sé ni quién es, ni en qué ciudad está, ni a dónde se dirige.

—Pero si ese hombre soy yo.

—Ya, pero tú mismo has dicho que aun sabiendo que eres tú no sabes quién eres.

—Es verdad, lo que pasa es que en conversaciones rápidas como ésta me dan ataques de identidad y me creo que soy alguien, como el alcalde, por ejemplo.

—Pues a mí me pasa también que no sé quién soy y tampoco estoy segura de que esta ciudad sea Madrid. A ver, ¿por qué no podemos estar en Copenhague o en París, por ejemplo? ¿Quién nos garantiza que esta ciudad es Madrid?

—No digas eso que me da miedo, porque yo tengo alquilado un apartamento en Madrid; como estemos en Copenhague, ya me dirás dónde duermo esta noche.

En esto, Vicente Holgado vio a un sujeto consultando un mapa. Se acercó a él y le preguntó:

—Perdón, usted que parece informado, ¿podría decirme si esta ciudad es Madrid?

—*Ai don úndestan* —contestó el sujeto.

—La jodimos —dijo Vicente Holgado a la mujer—, me parece que estamos en el extranjero.

—Bueno, no te apures. Acompáñame a recoger al niño y luego te llevo a un acto de otra secta que empieza a las ocho.

Vicente acompañó a la mujer hasta un colegio, donde recogieron a un niño de ocho años con gafas.

—Seguro que tiene fiebre —dijo la mujer.

—He tosido mucho —afirmó el niño— y he vomitado la comida.

—Lo hace por fastidiarme —insistió ella—; como no le gusta que vaya a las sectas, se pone enfermo un día sí y otro también.

La mujer sacó una aspirina del bolso y se la hizo tragar al niño sin agua.

—Le puede producir una úlcera —señaló Holgado.

—No importa, como este imbécil no sabe lo que es dentro ni lo que es fuera, a lo mejor en lugar de la úlcera le da un infarto ocular y se queda ciego. Así no gastamos en gafas, que cada semana rompe un par.

—Estar ciego tiene sus ventajas —apuntó Vicente.

—Ahora, en España, los que mandan son los ciegos —dijo la mujer.

—Sí, pero me parece que estamos en América —añadió Vicente señalando un edificio en el que ponía Burger King.

—Pues yo habría jurado que estábamos en Copenhague.

—¿En Copenhague también hay Tele-5? —preguntó el niño.

Cuando llegaron al lugar donde se desarrollaba el acto de la otra secta, la mujer le dijo a Vicente si no le importaba quedarse fuera con su hijo, pues ese día no dejaban pasar niños porque iban a hablar de la muerte y del más allá.

Vicente y el niño se quedaron en la calle, cogidos de la mano. Hacía frío y un viento como el de la visión de Vicente cuando no sabía quién era, ni en qué ciudad estaba, ni a dónde se dirigía. Entonces comenzó a andar con el niño cogido de la mano y atravesaron calles y avenidas sin saber quiénes eran ni en qué ciudad estaban ni a dónde se dirigían. La noche se iba cerrando como una cremallera sobre los edificios y la niebla parecía agruparse en torno a la luz de las farolas. Entraron en una calle solitaria y continuaron caminando como dos máquinas de acero. Empezó a nevar y la nieve se depositaba sobre los hombros de Vicente y del niño como se deposita sobre las estatuas de los parques, sin que afectara a su manera de estar en el mundo. El niño se cogía con fuerza a Vicente, que se sentía traspasado por una corriente de calor que era ternura, aunque él no lo sabía. Entonces se detuvo, entornó los ojos y se vio a sí mismo recorriendo una calle con un niño que era su hijo. Y aunque no sabía en qué ciudad estaba ni quién era ni a dónde se dirigía, tenía la certeza de que ese niño era su hijo y que, mientras fueran de la mano los dos, los atracadores no se atreverían a atracarles, la lluvia no les mojaría, la nieve no les traspasaría. Los dos eran un grupo indestructible, poderoso, único. Podrían estar andando toda la eternidad sin cansarse hasta llegar al lugar que les estaba destinado; entonces, cuando alcanzaran ese sitio, sabrían quiénes eran y habría valido la pena caminar por calles sin tejados, por ciudades desconocidas. Se detuvo y tocó la frente del niño con la mano.

—¿Tienes fiebre, hijo? —preguntó.

—Sí, pero me da gusto porque siento las ingles.

—¿Caminamos, pues, un poco más?

—Sí.

A la derecha se abrió una avenida con árboles. Vicente Holgado sintió que sus dedos, trenzados a los del niño, eran las raíces de un árbol que había empezado a crecer en el interior de su pecho y que se alimentaba de la fiebre del pequeño. Emprendieron el camino sin horizonte de aquella avenida y Vicente supo que ya nunca volvería a tener miedo de no saber regresar.

# LA MEMORIA DE OTRO

*"La memoria de otro" dramatizes the conflict between the properly socialized self and a more morally uninhibited one, "the Frenchman," whose memories haunt Vicente Holgado. This disturbing alternate self acts as his double and can be read alongside Freud's comment on the figure of the double as a sort of carefree ego. The shocking turn that the story takes is a manifestation of Millásian irony.*

Vicente Holgado se presentó a la policía con una historia increíble: Por lo visto, estaba en su despacho, consultando en su agenda la actividad de la jornada, cuando le asaltó un recuerdo que no le pertenecía. En el recuerdo, se veía a sí mismo contratando los servicios de una prostituta en una esquina que no le resultaba familiar. Por si fuera poco hablaba con la prostituta en francés, idioma del que Holgado sólo conocía algunos rudimentos.

El policía que tomaba nota de la declaración, dejó de mecanografiar en este punto, y contempló al declarante por encima de las gafas como intentando averiguar por su aspecto si se trataba de un loco peligroso o de un loco a secas. Cuando dedujo que no era peligroso, le recomendó que canalizara su denuncia a través de cualquiera de las numerosas revistas dedicadas a airear asuntos paranormales.

Holgado salió a la calle espantado de haber perdido el sentido de la realidad hasta el punto de acudir a la policía con tal historia. Sin embargo, los recuerdos de sí mismo pensando en francés y caminando por las calles de una ciudad desconocida aumentaron durante las semanas siguientes. Naturalmente, ya no le habló a nadie del asunto y procuró mantener en su casa y en su trabajo una actitud que no delatara esta rareza. Es cierto que durante un tiempo temió estar volviéndose loco, pero después de que se habituara a tener estos recuerdos y, sobre todo, al comprobar que no eran especialmente desestabilizadores, no sólo los aceptó, sino que acabaron constituyendo un escape emocional para una vida como la suya, quizá excesivamente reglamentada y sometida a pautas.

El otro, «el francés», como empezó a llamarle, tenía menos prejuicios que él. Salía con frecuencia a cenar con gente ruidosa y luego alternaba por locales nocturnos de sexo y diversión que Holgado jamás se habría atrevido a frecuentar, no por un remilgo moral, sino por un miedo fantástico a diluirse en estos ambientes si llegaba a tener algún contacto con ellos. Con frecuencia, cuando pasaba por delante de establecimientos dedicados al comercio del sexo o de la pornografía, aunque aceleraba el paso, soñaba con entrar en aquellos templos del pecado. Quizá lo hubiera hecho de conocer el código de comportamiento para moverse en sus oscuros interiores.

Con el paso del tiempo, en fin, Holgado se acostumbró a estar habitado por estos recuerdos de cosas que no le habían pasado —ya que nunca había sido francés—, como otros se acostumbran a llevar un grano en algún lugar oculto a la mirada de los otros. Y aunque a veces tenía que reconocer ante sí mismo que «el francés» era una especie de enfermedad moral, acabó por disfrutar del recuerdo de sus hazañas amorosas con la pasión con que un mirón goza de lo que sucede al otro lado del ojo, del suyo y del de la cerradura. Además, lo cierto es que al final, según pudo comprobar Holgado, la vida de «el francés» parecía tan reglamentada como la suya: todos los días las mismas diversiones, las mismas copas, las mismas mujeres, idénticas resacas y remordimientos de conciencia. Los reglamentos de «el francés» y el suyo sólo eran distintos en lo que se refería al tipo de actividades que tenían que regular, pero la disciplina era la misma. Holgado se preguntaba si el otro envidiaría los aspectos convencionales de su existencia tal como él había deseado sus excentricidades, sobre todo porque, a medida que envejecían, «el francés» parecía ir encontrado menos placer o menos sentido en sus correrías nocturnas, como si acudiera a ellas por obligación, como otros van a la oficina.

Holgado comenzó a preocuparse por él y esta preocupación le volvió algo taciturno. Además, empezó a tener recuerdos, hasta entonces inéditos, en los que «el francés» aparecía en lo que debía ser su casa, siempre discutiendo con una esposa que permanecía en una silla de ruedas desde la que parecía dirigir el mundo. A Holgado le amargaban estas escenas, pues aunque no comprendía lo que decía cuando hablaba en francés, intuía por el tono y los gestos con los que acompañaba sus palabras que aquellas discusiones iban más allá de lo que suele considerarse una pelea conyugal.

Un día, al poco de jubilarse, estaba tomando el sol en la terraza de su casa, cuando su memoria empezó a funcionar inopinadamente y se vio a sí mismo estrangular en francés, con una media de seda natural, a su esposa francesa en la silla de ruedas. La escena fue tan desagradable que cayó enfermo, lo que le obligó a guardar cama un mes. Durante este tiempo, no tuvo ningún recuerdo de su personalidad francesa, pero vivió atemorizado por esta amenaza: no habría podido digerir las escenas en las que se deshacía del cadáver o, peor aún, no podía siquiera soportar la idea de haber sido detenido por este crimen y de encontrarse, a su edad, en la cárcel.

Pasado este tiempo, se levantó y empezó a pasear por el pasillo de la casa bajo la continua atención de su familia. Sólo tomaba caldos y algunas verduras: había perdido durante la enfermedad el gusto por la comida, pues todo lo que se metía en la boca le sabía a tierra. Los recuerdos de cuando era francés, por fortuna, continuaban sin aparecer. Un día, meditando sobre esta rareza que le había acompañado a lo largo de su vida, pensó que quizá ya no recordaba nada porque «el francés» había muerto en el acto de estrangular a su esposa, bien por un ataque cardíaco provocado por el esfuerzo, o bien porque ella había conseguido clavarle unas tijeras que solía llevar sobre el regazo antes de expirar. De súbito supo por qué desde entonces todo le sabía a tierra y cayó al suelo fulminado por un colapso antes de que el terror alcanzara un grado insoportable.

# VIAJE AL PÁNCREAS

*"Journey to the Pancreas" pokes fun at those moments of authentic experience promised by the tourism industry. Instead of a trip to Africa or Niagara Falls, Millás proposes an exciting journey through the organs of our body. The story is illustrative of his fascination with the body, which is also the subject of "El hombre hueco," the next story in this volume.*

Durante algún tiempo estuve recibiendo invitaciones para asistir a unas reuniones organizadas por lo que parecía una de las numerosas sectas que están creciendo como hongos al amparo de la pérdida de prestigio de las religiones oficiales. Ignoraba cómo podían haber conseguido mi dirección hasta que estalló el escándalo del tráfico de datos. El caso es que decidí acudir a una de estas reuniones aquejado por una suerte de curiosidad morbosa. Cuando llegué, ya habían empezado a trabajar. Me senté discretamente en una de las últimas filas y escuché al predicador, que en esos momentos criticaba ásperamente a quienes gastaban su dinero en viajar a lugares exóticos, cuando ni siquiera conocían su páncreas, su corazón o su intestino. «¿Para qué quiero ir a África —decía enardecido el orador—, si todavía no conozco mi hígado?».

El argumento estaba bien construido y su eficacia era patente en el rostro de quienes escuchaban. Además, me dije, quién me asegura que es más bello un atardecer africano que un cólico hepático. Me imaginé situado por un momento en el corazón de esa glándula productora de bilis y acepté que era mucho más impresionante ver aquello que las cataratas del Niágara. El problema era cómo hacer aquel viaje para el que no hacía falta pasaporte ni billete de ninguna clase.

El orador me dio en seguida la respuesta. Nos ordenó a todos que nos relajáramos con un par de inspiraciones fuertes y que imagináramos a continuación que salíamos por unos instantes de nuestro cuerpo y que volvíamos a entrar en él por la boca o por las fosas nasales. A mí me habría gustado más entrar por las fosas nasales, pues la boca la tengo muy vista a través del espejo, pero esos días andaba un poco acatarrado y deduje que no sería fácil abrirse camino entre unas membranas inflamadas. Llegué sin dificultad a la laringe y descendí con cuidado por la tráquea cogiéndome a los bordes de unos anillos cartilaginosos como si fueran los peldaños de una escalera. A medida que descendía por aquel tubo orgánico, la oscuridad dificultaba mis movimientos. Entonces saqué del bolsillo una linterna imaginaria, tal como nos había aconsejado el orador, y visualicé dos cilindros que resultaron ser los bronquios. Me introduje por el derecho, inflamado a causa de una bronquitis crónica, y caí en el pulmón, un lugar lleno de oquedades y membranas, donde había fuertes corrientes de aire. Temí agravar mi constipado y regresé por donde había venido. En el ascenso por el tubo de anillos cartilaginosos de la tráquea perdí mi linterna, que cayó en aquellas profundidades orgánicas sin hacer un solo ruido que me permitiera localizar a oído el lugar de la caída.

Descendí a oscuras palpando a ciegas los lugares donde había suelo, pero no conseguí encontrarla. Entre tanto, un virus me dio un mordisco en la mano derecha y otro tiró de mí intentando arrastrarme hacia un lugar donde, por los golpes que se oían, parecían estar de obras. Deduje que debía encontrarme cerca del mediastino, la cavidad donde se aloja el corazón. Desesperado, decidí abandonar la búsqueda de la linterna y comencé un penoso ascenso a ciegas que, después de mil dificultades, me situó de nuevo en la boca. En ese momento se me abrieron lo ojos y regresé a la realidad. Mi pulso estaba alterado y a pesar de que la sala carecía de calefacción sudaba por todos los poros de mi cuerpo. Realmente, aquello había sido una aventura mucho más fuerte que cualquier viaje al corazón de la selva amazónica.

Cuando recuperé la normalidad, miré en torno y vi al resto de los asistentes con los ojos cerrados y en actitud relajada. Continuaban impasibles su viaje hacia el páncreas, donde Dios sabe qué clase de emociones les esperaban. El orador, al que yo había dejado de escuchar, quizá por falta de práctica, a la altura del quinto anillo cartilaginoso de la tráquea, continuaba hablando con voz pausada y sugestiva. Todo, según él, era un problema de visualización. Aquel que consiguiera visualizar el interior de su cuerpo con las técnicas aprendidas en otras reuniones, contemplaría formaciones arborescentes, cataratas de líquidos verdosos, cráteres lunares, estrellas, cometas y constelaciones, puesto que el cuerpo era un resumen del universo mundo. Recomendaba caminar sin prisas, disfrutando de la visión de glándulas, vísceras, líquidos y sólidos; recomendaba también que en aquel viaje hacia el fondo de uno mismo se detuvieran en aquellos órganos aquejados de alguna patología para sanarlos con las técnicas de la visualización. Por lo visto, cuando tienes una úlcera de estómago, por ejemplo, basta con visualizar el órgano dañado como si estuviera sano y la enfermedad comienza a remitir. Naturalmente, según pude averiguar, esto no se consigue en una sesión, ni en dos, pero si uno lo practica con cierta constancia obtiene resultados más espectaculares que la cirugía y a menor costo.

Al rato, los viajeros comenzaron a regresar contando maravillas del páncreas y de las cataratas de jugos que éste volcaba en el estómago para colaborar al proceso digestivo. En general, el hígado les había gustado poco, debido a su forma irregular, aunque todos estaban de acuerdo en que los riachuelos de bilis que lo recorrían eran de una belleza singular. En esto, advertimos que uno de los asistentes continuaba postrado. El orador se acercó a él y, tras examinarlo, afirmó que se había perdido en alguna zona del intestino grueso y que no encontraba el camino de salida. Todos nos quedamos muy preocupados y yo me fui cuando el orador dijo que intentaría ayudarle a salir a través del recto. Pero ahora llevo unos días con un dolor tremendo en el pulmón derecho, como si tuviera alojado en él algún objeto extraño. Me da pánico pensar que sea la linterna, pero no quiero volver a recogerla, no sea que me extravíe, como el otro, y tenga que quedarme a vivir en ese sitio lleno de agujeros y de corrientes de aire. Qué vida.

# EL HOMBRE HUECO

*"El hombre hueco" presents one of the most distressing dramatizations of Vicente Holgado's personas. The opening sentence describing the space where Vicente lives alone points to the idea, central in Millás's work, that physical spaces are metaphors for moral spaces. Thus, the old apartment full of rooms is mirrored in the discovery that Vicente's body is hollow and devoid of any living organs. This perplexing discovery results in a disturbingly dramatic ending that emphasizes Vicente's radical estrangement from reality.*

Vicente Holgado vivía solo en un piso antiguo lleno de habitaciones y recorrido por un pasillo quilométrico que utilizaba para hacer footing. Le gustaba el ejercicio, pero detestaba la calle, los parques, las avenidas, las plazas, los mercados. O sea, detestaba todos aquellos lugares donde había gente. Por eso también se compró una bicicleta inmóvil que colocó frente al espejo del cuarto de baño. Pedaleaba durante una hora diaria frente a su propio reflejo imaginando que éste correspondía al de otro ciclista que circulaba en dirección contraria a la suya y con quien chocaría un día u otro si conseguía imprimir a su pedaleo la fuerza suficiente. La idea del choque le gustaba porque el otro pertenecía a la categoría de la gente; pensaba eliminarlo de un cabezazo cuando las dos bicicletas hubieran llegado al grado de aproximación preciso.

Un día, en el último cuarto de hora dedicado a este ejercicio, percibió al otro más cerca. Temiendo que intentara esquivarle, se puso de pie sobre los pedales e hizo un esfuerzo brutal para llegar a él. En esto, su pierna derecha se rompió y cayó al suelo produciendo el ruido de un objeto duro al golpearse contra una losa. Vicente se quedó petrificado sobre el sillín de su bicicleta inmóvil. No sentía dolor, pero estaba desconcertado por el hecho de que su pierna se hubiera quebrado como una escayola, aunque también por la rareza de que no manara un torrente de sangre del muñón resultante.

Cuando logró reponerse de este primer movimiento de horror, bajó de la bicicleta y saltando sobre el pie izquierdo se acercó la pierna que yacía en el suelo, la cogió con cierta aprensión del calcetín y se sentó en el taburete para proceder a su examen. Era, en efecto, una pierna llena de pelos, pero tenía la particularidad de estar hueca. Además de eso, sin dejar de ser de carne, tenía también una textura que a Vicente le recordó la del cartón piedra. Cuando se familiarizó con el objeto de su propiedad, introdujo la mano en él llegando hasta los dedos del pie sin encontrar un sólo músculo, un hueso, una víscera, en fin,

algo que le remitiera a las lecciones de anatomía del ba-
chillerato. Entre tanto, la angustia había sido desplazada
por un movimiemto de perplejidad. ¿Estaría igualmente
hueco el resto del cuerpo?

Se incorporó sobre la pierna y fue a situarse frente al
espejo. Entonces levantó el muñón y observó en el reflejo una oquedad que llegaba hasta el muslo. Más allá la
oscuridad era tal que imposibilitaba saber si estaba o no
relleno de algo. Se sentó otra vez, fatigado por el esfuerzo
de sostenerse sobre una sola pierna, y reflexionó unos instantes con la otra debajo del brazo. Finalmente, buscó la
caja de herramientas, sacó la cinta aislante y unió las dos
partes del cuerpo separadas por el accidente. Después re-
corrió el pasillo para hacer una prueba y comprobó que
caminaba sin dificultad.

Durante los siguientes días procuró olvidar el suceso re-
legándolo a la categoría de una pesadilla. Cambió la cinta
aislante, que se despegaba cada vez que intentaba ducharse,
por un pegamento especial y comenzó a hacer la vida de
siempre, aunque abandonó la bicicleta, a la que hacía res-
ponsable de aquel mal sueño. De todos modos, el sentimiento de estar hueco acabó invadiéndole. Ya no hacía
tanto ejercicio como antes. Ahora pasaba mucho tiempo
en la ventana observando la actividad de un parque que
había debajo de su casa. Miraba a los niños y a las ma-
dres que pasaban la tarde allí y se preguntaba si estarían
tan huecos como él. Mientras miraba, comía aceitunas

negras cuyos huesos se metía por las orejas oyéndolas rodar por el interior de su cuerpo hasta alcanzar la punta del pie. La pesadilla, en el caso de que se tratara de una pesadilla, se instaló, pues, en el centro de su existencia. Curiosamente, el estar hueco no afectaba a ninguna de sus funciones vitales. Continuaba comiendo, viendo la televisión, escuchando la radio, etcétera. Había dejado el footing porque temía tropezar con alguna esquina del pasillo y romperse de nuevo. Por lo demás, todo continuaba igual si exceptuamos una suerte de tristeza que se fue instalando en su ánimo y que se traducía en un desinterés general por la existencia.

De súbito un día se le ocurrió que quizá todo el mundo estuviese tan hueco como él. Quizá los intestinos y el aparato respiratorio y el bazo y el riñón fueran meros inventos de una especie a la que repugnaba la idea del vacío. Entonces cogió una escopeta de perdigones y comenzó a disparar desde la ventana a los niños que jugaban en el parque. Las víctimas continuaban jugando ajenas a la agresión. Quizá en el momento del impacto se detenían un instante, como si algo raro les hubiera pasado, pero reemprendían sus carreras de inmediato. La impresión de Vicente es que el proyectil atravesaba la piel sin producir dolor ni sangre y se despeñaba por los abismos huecos del interior, como los huesos de las aceitunas.

Vicente fue detenido unos días después, acusado de haber dado muerte a dieciocho personas disparando un fusil repetidor desde la ventana de su casa. Los muertos eran principalmente mujeres y niños. En el juicio mantuvo que todo era mentira, que aquellos niños estaban huecos y que sólo les había hecho unos agujeros fáciles de tapar con cinta aislante. Le tomaron por loco y fue internado en un psiquiátrico donde lleva su oquedad como puede. Parece que se ha puesto una bisagra en la rodilla y que por la noche se abre la pierna y tira a la basura las pastillas que le hacen tomar y que, como los huesos de las aceitunas, se depositan en sus pies. Como es muy mañoso, se ha abierto también una puerta en el pecho y, donde otros tienen las costillas, él se ha colocado unas baldas donde lleva sus libros preferidos. Como sigue detestando a la gente, abre la puerta del pecho, coge una novela, y se pasa las tardes leyendo. Su abogado, que también es un hombre hueco, ha recurrido la sentencia.

## EL HOMBRE QUE IMAGINABA CATÁSTROFES

*The character of this story tries to catch up with his life.
The story shows a person's hopeless race to achieve a moment of total happiness, a moment that is always elusive.
As in "La memoria de otro" and other stories, Millás concludes on an ironic note.*

Su cuerpo iba siempre retrasado en relación a su cabeza.
Por ejemplo, si se estaba afeitando, pensaba en el café, pero,
cuando se estaba tomando el café, se imaginaba ya dentro
del coche, en el atasco, escuchando las primeras noticias
del día por la radio. Lo que pasa es que entonces tampoco oía las noticias, porque se ponía a pensar en los problemas que le aguardaban en la oficina. Iba detrás de los
acontecimientos como el burro detrás de la zanahoria,
sin alcanzarlos nunca.

Su pensamiento y su cuerpo, pues, ocupaban lugares
geográficos distintos, y esta separación producía en su
ánimo un constante estado de ansiedad, como si se per-
siguiera a sí mismo todo el rato. Por la noche, tomaba

somníferos para aliviar esa tensión permanente, y entonces los músculos de su cuerpo se encogían como una goma elástica abandonada sobre la mesa. Se dormía imaginando que viajaba por el espacio sin nave ni traje espacial ni escafandra, pero podía respirar y soportar la falta de presión gracias a unas cápsulas de su invención que se tomaban con agua, y que lo mismo servían para viajar por el espacio que para descender a las profundidades marinas, donde a veces se perdía también imaginariamente antes de dormirse. Después soñaba que le daban el premio Nobel de medicina por la invención de estas cápsulas y se despertaba con la garganta seca y el cuerpo pesado. Por la mañana, se tomaba una o dos pastillas estimulantes que combatían los efectos de los sedantes nocturnos.

Un día que estaba con su amante y se puso a pensar en su mujer, comprendió que su problema consistía en estar siempre en un lugar distinto al que en realidad se encontraba, con lo que no disfrutaba de ninguno de los dos lugares. Dedujo, pues, que si su pensamiento y su cabeza consiguieran estar al mismo tiempo en el mismo lugar, todos sus problemas desaparecerían. Y lo intentó, pero no le salía. Por ejemplo, mientras se afeitaba se decía a sí mismo: «Qué bien, me estoy afeitando, estoy haciendo esto y no otra cosa; cuando llegue la otra cosa, disfrutaré de la otra cosa, pero ahora me encuentro muy a gusto haciendo esto, observando en el espejo las irregularidades de mi rostro, percibiendo el tacto de mi piel en un momento irrepetible, porque habrá otros días y otros afeitados, pero ninguno será como el de hoy...». Lo que sucede es que por detrás de estas palabras empezaban a circular imágenes que nada tenían que ver con lo que hacía en ese momento, sino con lo que tenía que hacer a lo largo del día. Con lo cual, el motor de la ansiedad se ponía en marcha y en el espejo dejaba de reflejarse su cara y comenzaba a verse su despacho con gente entrando y saliendo y él en medio resolviendo cosas, tomando decisiones. Entonces, dejaba de afeitarse y se vestía corriendo y se tomaba un café a toda pastilla y conducía como un loco hasta llegar a la oficina y cuando llegaba allí, mientras firmaba papeles o hablaba por teléfono, comenzaba a pensar en la comida de negocios o en la cena de placer, a donde llegaba siempre hecho polvo para imaginar el momento en el que se metería en la cama.

No lograba, en fin, alcanzarse a sí mismo por más que corriera, pero decidió que había mucha gente que vivía de ese modo y que se trataba, por tanto, de una forma como cualquier otra de afrontar la existencia. Lo malo es cuando comenzó a tener anticipaciones negativas. Ya no se imaginaba —mientras consumía apresuradamente el café— en el coche oyendo las primeras noticias del día por la radio, sino atropellando a un niño o chocando de frente con un camión de cien toneladas. La cuestión es que cuando se metía en el coche, desaparecía ese terror, que era sustituido por imágenes de la oficina igualmente catastróficas:

entraba su jefe y le decía que habían decidido prescindir de sus servicios, o bien le llamaban por teléfono para comunicarle que acababa de caer un avión sobre su casa. Las visiones alcanzaban tal grado de realidad que su rostro se descomponía provocando el espanto de quienes se encontraban cerca de él. Un día, regresaba a su domicilio después de una jornada agotadora y empezó a imaginar que al entrar en casa se encontraba a su mujer ensangrentada y muerta en el recibidor, a la criada ahorcada en la cocina y a los niños asfixiados con bolsas de plástico en el dormitorio. Comenzó a sudar de miedo mientras intentaba explicarse este desastre que no podía ser obra más que de un perturbado. Después se vio a sí mismo llamando a la policía y a la policía interrogándole. Advirtió que, si le acusaban a él de haber perpetrado aquellos horribles crímenes, carecería de coartada, pues ese día había estado mucho tiempo fuera del despacho y había comido solo en un restaurante en el que no le conocían. Llegó a su casa demacrado por el terror y permaneció varios minutos frente a la puerta sin atreverse a abrir o llamar al timbre hasta que escuchó ruidos en el interior. Al principio pensó que podría tratarse del asesino, que aún no había terminado la faena, pero en seguida escuchó la voz de uno de sus hijos y entonces entró corriendo y los abrazó a todos como si acabaran de sobrevivir a una catástrofe. Después, preso de un ataque de fiebre, se metió en la cama y estuvo en ella una semana imaginando que su mejor amigo le quitaba el puesto en la oficina.

O sea, que antes se agotaba en una persecución de sí mismo, pero el objetivo de esa persecución era la felicidad, aun cuando no llegara a alcanzarla nunca, mientras que ahora, sin haber dejado de perseguirse, sabía que el momento de alcanzarse coincidiría con alguna desgracia. Nunca había tenido un carácter jovial, pero, como siempre estaba corriendo tras de sí, los demás le veían como un tipo nervioso, lleno de vida y energía. Ahora, sin embargo, empezó a mostrarse como un sujeto abatido, pues el estar esperando permanentemente una desgracia le volvió hosco, triste y poco comunicativo. Acabó enfermando, aunque no se sabía de qué, pues no le dolía nada en concreto. Los médicos lo miraron por arriba y por abajo, y cuando al fin lograron descubrirle algo, resultó ser una cosa grave. Cuando se lo comunicaron con toda clase de precauciones, se puso a dar saltos de alegría para sorpresa de todos. La desgracia había sucedido al fin y, por grande que fuera, significaba un descanso. Por primera vez en su existencia, logró alcanzarse y el poco tiempo que vivió fue muy feliz.

## Works Cited in the Headnotes

Freud, Sigmund. "The Uncanny." *The Standard Edition of the Complete Psychological Works of Sigmund Freud.* Vol. 17 (1917–19). Trans. James Strachey. London: Hogarth, 1955. 217–56.

Kristeva, Julia. *New Maladies of the Soul.* Trans. Ross Guberman. New York: Columbia UP, 1995.

Marco, José María. "En fin... entrevista con Juan José Millas." *Quimera* 81 (1988): 20–26.

Millás, Juan José. *Cerbero son las sombras.* Madrid: Alfaguara, 1989.

————. *La soledad era esto.* Barcelona: Destino, 1990.

————. *Tonto, muerto, bastardo e invisible.* Madrid: Alfaguara, 1995.

————. *Volver a casa.* Barcelona: Destino, 1990.

# Modern Language Association of America
## Texts and Translations

### Texts

Anna Banti. *"La signorina" e altri racconti.* Ed. and introd. Carol Lazzaro-Weis. 2001.

Adolphe Belot. *Mademoiselle Giraud, ma femme.* Ed and introd. Christopher Rivers. 2002.

Dovid Bergelson. אָפּגאַנג. Ed. and introd. Joseph Sherman. 1999.

Elsa Bernstein. *Dämmerung: Schauspiel in fünf Akten.* Ed. and introd. Susanne Kord. 2003.

Edith Bruck. *Lettera alla madre.* Ed. and introd. Gabriella Romani. 2006.

Isabelle de Charrière. *Lettres de Mistriss Henley publiées par son amie.* Ed. Joan Hinde Stewart and Philip Stewart. 1993.

Isabelle de Charrière. *Trois femmes: Nouvelle de l'Abbe de la Tour.* Ed. and introd. Emma Rooksby. 2007.

François-Timoléon de Choisy, Marie-Jeanne L'Héritier, and Charles Perrault. *Histoire de la Marquise-Marquis de Banneville.* Ed. Joan DeJean. 2004.

Sophie Cottin. *Claire d'Albe.* Ed. and introd. Margaret Cohen. 2002.

Claire de Duras. *Ourika.* Ed. Joan DeJean. Introd. Joan DeJean and Margaret Waller. 1994.

Şeyh Galip. *Hüsn ü Aşk.* Ed. and introd. Victoria Rowe Holbrook. 2005.

Françoise de Graffigny. *Lettres d'une Péruvienne.* Introd. Joan DeJean and Nancy K. Miller. 1993.

Sofya Kovalevskaya. Нигилистка. Ed. and introd. Natasha Kolchevska. 2001.

Thérèse Kuoh-Moukoury. *Rencontres essentielles.* Introd. Cheryl Toman. 2002.

Juan José Millás. *"Trastornos de carácter" y otros cuentos.* Introd. Pepa Anastasio. 2007.

Emilia Pardo Bazán. *"El encaje roto" y otros cuentos.* Ed. and introd. Joyce Tolliver. 1996.

Rachilde. *Monsieur Vénus: Roman matérialiste.* Ed. and introd. Melanie Hawthorne and Liz Constable. 2004.

Marie Riccoboni. *Histoire d'Ernestine.* Ed. Joan Hinde Stewart and Philip Stewart. 1998.

Eleonore Thon. *Adelheit von Rastenberg.* Ed. and introd. Karin A. Wurst. 1996.

## Translations

Anna Banti. *"The Signorina" and Other Stories*. Trans. Martha King and Carol Lazzaro-Weis. 2001.

Adolphe Belot. *Mademoiselle Giraud, My Wife*. Trans. Christopher Rivers. 2002.

Dovid Bergelson. *Descent*. Trans. Joseph Sherman. 1999.

Elsa Bernstein. *Twilight: A Drama in Five Acts*. Trans. Susanne Kord. 2003.

Edith Bruck. *Letter to My Mother*. Trans. Brenda Webster with Gabriella Romani. 2006.

Isabelle de Charrière. *Letters of Mistress Henley Published by Her Friend*. Trans. Philip Stewart and Jean Vaché. 1993.

Isabelle de Charrière. *Three Women: A Novel by the Abbé de la Tour*. Trans. Emma Rooksby. 2007.

François-Timoléon de Choisy, Marie-Jeanne L'Héritier, and Charles Perrault. *The Story of the Marquise-Marquis de Banneville*. Trans. Steven Rendall. 2004.

Sophie Cottin. *Claire d'Albe*. Trans. Margaret Cohen. 2002.

Claire de Duras. *Ourika*. Trans. John Fowles. 1994.

Şeyh Galip. *Beauty and Love*. Trans. Victoria Rowe Holbrook. 2005.

Françoise de Graffigny. *Letters from a Peruvian Woman*. Trans. David Kornacker. 1993.

Sofya Kovalevskaya. *Nihilist Girl*. Trans. Natasha Kolchevska with Mary Zirin. 2001.

Thérèse Kuoh-Moukoury. *Essential Encounters*. Trans. Cheryl Toman. 2002.

Juan José Millás. *"Personality Disorders" and Other Stories*. Trans. Gregory B. Kaplan. 2007.

Emilia Pardo Bazán. *"Torn Lace" and Other Stories*. Trans. María Cristina Urruela. 1996.

Rachilde. *Monsieur Vénus: A Materialist Novel*. Trans. Melanie Hawthorne. 2004.

Marie Riccoboni. *The Story of Ernestine*. Trans. Joan Hinde Stewart and Philip Stewart. 1998.

Eleonore Thon. *Adelheit von Rastenberg*. Trans. George F. Peters. 1996.

### Texts and Translations in One Volume

جدید اردو شاعری کا انتخاب / *An Anthology of Modern Urdu Poetry.*
Ed., introd., and trans. M. A. R. Habib. 2003.
*An Anthology of Spanish American Modernismo.* Ed. Kelly Washbourne.
Trans. Kelly Washbourne with Sergio Waisman. 2007.